Für

mit

zu

dem Königssohn

# Geschichtenbuch der Ewigkeit

## Alte Stories neu erzählt

Christiane Schweitzer

Bibliografische Information der Deutschen Nationalbibliothek: Die Deutsche Nationalbibliothek verzeichnet diese Publikation in der Deutschen Nationalbibliografie; detaillierte bibliografische Daten sind im Internet über dnb.dnb.de abrufbar.

Herstellung und Verlag: BoD – Books on Demand, Norderstedt

ISBN: 9783759702777

# Inhaltsverzeichnis

# Prolog

Meine Lieben, als ich alles erschuf und der Weltenlauf voranging ließ ich auch ein Buch nebenher schreiben. Es vergingen mehrere tausend Jahre bis das Buch vollkommen war.

Alles passt darin zusammen, es gibt spannende Geschichten, Weisheiten, Gedichte. Es ist perfekt, auf allen Ebenen.

Aber viele von euch sagen, die Geschichten seien langweilig, die Weisheiten überholt, wer will so einen alten Schmöker noch lesen.

Das finde ich schade, denn das Buch ist ein Weg zu mir, der einzige, und die Alternative ist, nun sagen wir: »unangenehm«. So ist es, aber es steht euch frei darüber zu denken was ihr wollt.

Ich erzähle es hier mal anders: mit Märchen und Science-Fiction, mit Liebesbriefen und mehr, erschaffen aus Geschichten meines Buches.

Mögen eure sensiblen Buch-Geschmacksnerven entzückt sein.

Ich liebe euch – wer mich sucht, wird mich immer finden.

# Der böse Verwalter und der Königssohn

Es war einmal ein hartes, staubiges Land in einer harten, kaltherzigen Zeit. Das war damals, kurz nachdem man die Einhörner vergessen hatte, der Phönix verbrannte, aber nicht mehr auferstand und der letzte Drache sich in einem kleinen See in Schottland versteckte für viele, viele Jahre.

Seit dem letzten schrecklichen Krieg war ich auf Wanderschaft, nun schon seit 7 Jahren. Ich liebte es unterwegs zu sein und verkaufte bunte, selbstgenähte Röcke und Blusen für Träumer und Tänzer und dicke, warme Strickpullover denen, die es zu kalt hatten. Eine Kombination von Rock und Pulli hatte ich auch selbst an.

Grade hatte ich die kleine Stadt Traumlos am Fluss der vergessenen Wünsche verlassen. Ein paar Kleidungsstücke hatte ich dort verkauft und mir vom Gewinn eine kleine Mahlzeit im Gasthaus gegönnt und meinen Reiseproviant wieder aufgefüllt.

Mit einem kleinen Lied auf den Lippen zog ich also kurz nach Mittag weiter Richtung nächster Stadt, in der ich seltsamerweise noch nie gewesen war. Der Weg dorthin würde vollkommen neu für mich sein und ich freute mich darauf, Unbekanntes zu entdecken. Übernachten wollte ich irgendwo dazwischen, im Freien, aber verborgen. Ich war immer schön vorsichtig, als Frau musste man das.

Nach einer dreistündigen, gemütlichen Wanderung kam ich in einen kleinen, scheinbar verwunschenen Wald. Das Licht der Sonne tanzte zwischen den grünen Blättern der Laubbäume, Vögel zwitscherten. Etwas entfernt vom Weg hörte ich Wasser plätschern, offenbar ein Bach. Dort wollte ich hin und mein Nachtlager aufschlagen. Ich verließ also den Hauptweg und folgte dem Plätschern bis ich den Bach fand. Ich schaute mich um, um einen guten Lagerplatz zu finden, da sah ich unter einem alten Baum einen Mann sitzen, so um die 30 Jahre alt vielleicht. Sehr gut aussehend, trotz des einfachen, braunen Umhangs, der ihn kleidete. Kurz erschrak ich und griff automatisch an den Gürtel über meinem Rock, wo ich ein kleines Messer unsichtbar eingesteckt hatte. Für alle Fälle. Er lächelte mich freundlich an und sagte: »Sei gegrüßt Frau. Wohin des Weges? Komm, setz dich zu mir, hier ist es schattig und kühl. Und nimm die Hand von dem Messer, ich füge dir keinen Schaden zu!« Er streckte mir offen seine linke Hand hin, eine einladende Geste.

Ertappt nahm ich die Hand runter und schaute ihn an. Hatte er geraten? Hatte er mich in der Stadt gesehen, als ich es kaufte und war vor mir losgegangen? Woher wusste er von dem Messer? So stand ich also etwas unschlüssig was ich tun sollte eine halbe Minute nur da und sah ihn an. »Hat es dir die Sprache verschlagen? Geht es dir nicht gut?« Er sah mich besorgt an. Ich raffte mich zusammen und antwortete endlich. »Einen schönen Tag gewünscht, der Herr. Nein es geht mir gut. Ich war nur überrascht, wie du von meinem Messer wissen konntest. Hast du mich in der Stadt Traumlos gesehen?« Langsam ging ich auf ihn zu, fasste Vertrauen wegen seiner Art und dem was er ausstrahlte und setzte mich neben ihn. Er lächelte warm und sanft. Das freundlichste Lächeln, das ich je gesehen hatte, schoss es mir durch den Kopf und wendete kurz meinen Blick von ihm ab, nun selbst lächelnd.

Doch ich bekam keine Antwort auf meine Frage, nur einen tiefen Blick, als schaute er mir direkt ins Herz, als ich ihn wieder ansah.

Nervös strich ich mir eine Haarsträhne aus dem Gesicht und schaute ihn unsicher an.

Er schaute zum Himmel und begann mit der Hand, die Wolken nachzuzeichnen. Veränderten sie etwa ihre Form? Nein, das bildete ich mir wohl nur ein. Unvermittelt begann er zu sprechen: »Wolken und Wünsche wandern zwischen den Welten von Wahrheit und Wirklichkeit. Ich wünschte, die Wirklichkeit meines Vaters wäre wahr in dieser Welt, sein Königreich vollkommen errichtet hier und für alle sichtbar.«

»Das Königreich deines Vaters? Du bist ein Königssohn?«, fragte ich ein wenig zweifelnd. Seine Erscheinung war wahrlich nicht königlich, eher einfach, wie ein Knecht oder ein Hirte womöglich.

Er lachte leise in sich hinein und schaute weiter zum Himmel, der sich schon zu verdunkeln schien.

»Lass mich dir eine Geschichte erzählen, dann urteile selbst.«, begann er leise und kräftig zugleich, wie immer er das auch anstellte, es hörte sich vertraut und machtvoll in einem an.

»Ein König, von vielen geliebt und nur der gute König genannt, mächtig und wunderbar war er, hatte um sein Königsschloss herum viele Ländereien und zur Verwaltung dieser vier seiner besten Freunde eingesetzt. Sie bewohnten mit ihren Leuten die ihrem Haus angehörten auf ihrem jeweiligen Stück Land eine große Burg. Jeder dieser Verwalter hatte eine bestimmte Gabe, eine Art Berufung. Der erste und stärkste unter ihnen hatte den Verstand und die Macht eines Generals. Er war dem König bis in die tiefste Tiefe seiner Seele treu ergeben und liebte Recht und Ordnung. Der zweite war vertrauenswürdig, der König konnte ihm alles anvertrauen, ihn mit Aufgaben betrauen, und sandte ihn manchmal mit Botschaften in fremde Länder. Er erfüllte sie absolut verlässlich. Zudem war er weise und kannte sich auch mit Träumen und ihren Bedeutungen aus. Der dritte Verwalter hatte die Macht zu heilen und wiederherzustellen. Er liebte alles Grüne, das Lebendige. Der Vierte liebte die schönen Dinge, Kunst, Musik, Theater. Er erfand Geschichten und war kreativ.

Viele Jahre waren alle glücklich mit dem was sie waren und wo sie waren und alles war eins und im Königreich herrschte Ordnung und Harmonie. Alles war Licht und Liebe. Es gab keine Dunkelheit, nicht mal einen Schatten.

Eines Tages erfand der vierte Verwalter ein spezielles Glas, mit dem er sich selbst sehen konnte. Er nannte es Spiegel. Er begriff, dass er wunderschön war, er konnte seinen Blick gar nicht mehr von sich selbst abwenden. Schöner als alle anderen fand er sich, sogar schöner als der König selbst. Und wenn er schon schöner war, dann war er bestimmt auch mächtiger. Eigentlich sollte das alles, das gesamte Königreich, nicht nur sein Verwaltungsteil, doch ihm gehören, nicht dem König.

So kamen Eitelkeit, Arroganz und Habsucht in sein Herz und somit auch in das bis dahin unschuldige Königreich. Am vormals immer klaren, blauen Himmel des Königreiches fanden sich nun zarte Wolkengebilde. Zumindest in den wilderen Außenbereichen, weiter weg vom Königsschloss.

Er zeigte den anderen drei Verwaltern seinen Spiegel, denn er wollte sie auf seine Seite bringen. Sie waren kurz erstaunt, wandten sich aber bald ab vom Spiegel und sahen sich nicht weiter selbst an, sondern sprachen wieder mit den anderen. Sie liebten die Gemeinschaft miteinander und dass jeder den anderen sah genügte ihnen.

Als die drei anderen Verwalter erkannten, was der Spiegel aus ihrem Bruder, denn das war er für sie, gemacht hatte, wollten sie ihm den Spiegel wegnehmen, damit er wieder ihr alter Freund der schönen Dinge werden würde. Aber dieser schnappte sich den Spiegel und floh aus seinem Verwaltungsgebiet in die Außenbereiche des

Königreiches. Im Geheimen sammelte er dort Anhänger, die wie er dem Spiegel verfallen waren und ihn bei seiner Revolte unterstützen wollten um in seinem Reich eine mächtige Position zu bekommen. So versprach er es ihnen, düster lächelnd, doch es war eine Lüge. Er würde seine Macht nie teilen.

Im Königreich war es immer Tag, immer schien Licht, ein Überraschungsangriff bei Nacht war also nicht möglich. Als der vierte Verwalter mit seinen Anhängern vor dem Schloss des Königs ankam, waren die anderen drei Verwalter schon zur Stelle um ihren geliebten Herrn, den guten König, auf Leben und Tod zu verteidigen. Sie bildeten mit den Leuten ihrer Häuser einen Schutzwall. Ganz vorne am Eingang zum Schlosspark hin, stand der General und versperrte dem Vierten mit gezücktem, feurigem Schwert den Weg. »Freund, Bruder!«, rief er, »komm zur Besinnung, gib deinen Plan auf und gelobe dem guten König wieder die Treue. Noch kannst du es, noch waren es nur Gedanken und nicht vollendete Taten. Der König vergibt dir und deinen Leuten wenn du ihn wahrhaft bittest. Tust du es nicht ist unsere brüderliche Freundschaft zerbrochen und du wirst aus dem Königreich verbannt werden und musst es zu einer festgelegten Zeit für immer verlassen. Dann erwartet dich ewige Strafe, dich und deine Anhänger, die dir folgen, sei es hier oder in anderen Ländern, wo immer sie sind!«.

Der vierte Verwalter lachte nur spöttisch und zog ebenfalls ein Schwert. Es war schwarz und hatte einen großen, roten Stein unten am Griff. Nach hartem Kampf musste er sich dem General ergeben, konnte durch eine List aber vom Hauptland des Königs in die Außenbezirke fliehen mit seinen Anhängern.

Er hatte einen anderen, ebenso bösen Plan. Er musste nur warten.

Der König hatte einen Sohn, den er über alles liebte, ein Teil seines eigenen Herzens war er. Dieser sollte bald in ferne Länder aufbrechen, im Süden des Königtums gelegen, um neue Bewohner für das Königreich zu gewinnen, denn der König liebte Gesellschaft. Treue Leute sollten es sein, dem guten König und seinem gerechten Recht ergeben. Durch den Sohn sollten sie die Wahrheit, das Licht und das Leben erkennen und in sein Reich aufgenommen werden wollen. Dort sollten sie jeder eine Wohnung bekommen und allen Annehmlichkeiten des Königreiches anteilig werden. Das waren wirklich viele, wunderbare Dinge, auf die man sich nur freuen konnte. Würde ich sie hier benennen, so würden sie wie fremde Farben erscheinen, die man in diesem Land nicht sehen kann.

Dass die Menschen der fernen Länder dieses Angebot annahmen wollte der vierte Verwalter verhindern. Er ging selbst in die fernen Länder um die Menschen abzuhalten, dem Sohn zuzuhören oder ihm zu folgen. Dazu verdrehte er die Dinge, die ihm anvertraut waren, machte aus schöner Kunst Bilder von Angst und Gewalt, die die Herzen der Menschen mutlos machten. Aus harmonischer Musik wurde ohrenbetäubender Lärm, der das Blut in Wallung, zur Gewalt hin brachte und aus seinen Geschichten, die immer eine gute Botschaft gehabt hatten wurden jetzt Lügen und es gab Täuschungen statt Theater. Alles war von gut zu böse geworden. Er fühlte sich aber immer noch im Recht, wollte König sein anstelle des Königs und es wurde immer schlimmer und schlimmer mit ihm. Auch seine Anhänger kamen in die fernen Länder und flüsterten den Menschen böse Dinge ins Herz oder machten sie krank.

Der Sohn kam nun also in die fernen Länder, lebte ganz normal als einer der ihren, zog ihre Gewänder an und ließ seinen Siegelring und alles, was ihn zum Königssohn machte zurück bei seinem Vater, damit er ein wirklicher Bewohner der fernen Länder selbst wurde. Er wuchs dort auf, lernte und arbeitete, reiste, aß und trank, schlief und träumte. Und manchmal, wenn er alleine war, schaute er zum Himmel und sprach zu seinem Vater, dem König, der ihn immer hörte.

Er erzählte den Bewohnern in Geschichten von Liebe und Weisheit, vertrieb die Flüsterer von den Herzen der Menschen und heilte Kranke. Das Angebot seines Vaters machte er bekannt: Wer immer auch dem Sohn glaubte und aus wahrem, liebenden Herzen in das Reich des Vaters kommen wollte, dem sollte es erlaubt sein, wenn er von da an auf die Anweisungen des Sohnes hörte, den König und die anderen, die dem Sohn folgten, liebte und sich von den verräterischen Lügen des vierten Verwalters fernhielt.

Der Sohn fand Freunde, die ihn begleiteten. Sie behielten alles, was sie mit dem Sohn erlebten und seine Geschichten im Herzen und manche schrieben sie auch auf, damit man ihn nie vergessen würde. Die späteren Menschen glaubten dem Buch, in dem diese Geschichten standen. Es war ihr Wegweiser und sie konnten das Angebot des Sohnes wahrhaftig annehmen mit seiner Hilfe.

Das Angebot des Königs sollte für alle Zeiten ausgerufen sein und jedem gelten, der es annehmen wollte und dem Sohn glaubte. Liebe war der Schlüssel bei alledem, Liebe in reinster, unschuldigster Form.

Der Sohn wusste aber, dass der vierte Verwalter die Herzen von mächtigen Menschen leicht verführen konnte und sie gegen ihn, den Sohn, aufbringen würde. Sie würden ihn bis zum Tod hin verfolgen. Er war bereit sein Leben zu geben, als Preis für viele andere Leben, um das liebevolle Angebot des Vaters wirken zu lassen.

Doch er wusste auch, er würde nicht im Tod bleiben, sondern als wahrer Königssohn aus dem Tode wieder ins Leben kommen und seinen Platz am Hof seines Vaters erneut einnehmen.«

Ich war so gefangen von der Geschichte, hing an seine Lippen, doch plötzlich war er stumm und sah wieder zum Himmel auf.

»Und dann?« , fragte ich neugierig. »Was ist aus dem Sohn geworden? Hat der König seinen Sohn denn nicht gerettet irgendwie, mit seinen Verwaltern und deren Leuten vielleicht? Was ist passiert mit ihm?« Die letzte Frage stellte ich besorgt, denn ich hatte den Sohn aus der Geschichte liebgewonnen.

Er sah mich wieder an, aber diesmal mit einem sehr liebevollen Blick.

»Ich bin der Sohn!«

Ich starrte ihn an. Dann fragte er mich. »Willst du denn in das Land des Königs kommen, in dem Liebe, Gerechtigkeit, Freiheit und Schönheit herrscht? Kommst du mit mir mit? Siehe, ich bin wahrhaftig der Sohn.«

Er stand auf, warf den braunen Umhang ab. Darunter kam ein strahlend weißes Gewand zum Vorschein und aus dem Nichts war auch eine Krone auf seinem Kopf. Er streckte seine Hände nach mir aus. Die Welt war mir plötzlich unwirklich.

»Ja.«, sagte ich einfach, »du bist der Sohn, ich glaube es.«

Und ich glaubte es von ganzem Herzen.

Ich nahm seine Hände, er zog mich zu sich hoch. Zog mich weiter in seine Arme, umarmte mich herzlich, wie ein Freund, den man lange nicht gesehen hat oder ein Bruder, den man vermisst hat, es tun würde.

Und als die Sterne am Himmel standen war ich mit ihm aus den fernen Ländern verschwunden in das Reich seines Vaters. Dort durfte ich prächtige Gewänder erdenken - nähen muss dort niemand, man denkt es, dann ist es da. So ist das dort, das ist eines der vielen Wunder.

In einer späteren Schlacht viele Jahre danach wurde der vierte Verwalter, zusammen mit seinen Lügen und Täuschungen und seinen Anhängern und allen Bewohnern der fernen Lande, die das Angebot des Königs nicht angenommen hatten, endgültig vom Sohn besiegt und wie angekündigt für immer aus dem Königreich verbannt.Und selbst der Tod war besiegt, niemand starb mehr. Sie alle kamen an einen schrecklichen Ort, an dem es kein Entrinnen gab und den sie nie mehr verlassen würden. Ich aber war in der Nähe des wunderbar geliebten Sohnes, war voll Glück und Frieden. Zusammen mit seinen Freunden und jedem, der sich je entschieden hatte, in das Reich des Königs zu gehen.

Und wenn sie nicht gestorben sind...,

...und das werden sie nicht, das werden sie nie.

# Der Prophet Jonas

Diese Geschichte, die sich genauso gut vor vielen Tausend Jahren im nahen Osten abgespielt haben könnte, spielt tatsächlich in einer fernen, hochtechnologischen Zukunft im neununddreißig Lichtjahre entfernten Trappist-System.

In diesem System gibt es drei bewohnte Planeten, die miteinander gerne und oft im Krieg sind: Diskob, einem sehr erdähnlichen Planeten, der den allein wahren Gott Alpha und Omega verehrt und von einem königlichen Alleinherrscher namens Jerowalker regiert wird. Sein Wahlspruch lautet »Überleben ist alles, aber angenehm muss es sein!« Jedenfalls für ihn.

Zum zweiten gibt es den Wasserplaneten Esyrkus, regiert von einer Militärregierung, die mit Rebellen im Inneren zu kämpfen hat, sonst aber gerne Herrscher im Sonnensystem sein möchte und für dieses Ziel auch keine Auseinandersetzung scheut.

Der dritte Planet heißt Finive und wird von einem Rat der Weisen regiert, dem ein König vorsteht, der letztlich machen kann, was er will und der über das ganze System und darüber hinaus alles beherrschen will. Mit der Macht der Wissenschaft und der Religion. Und religiösen Opferspielen. Mit Menschenopfern. Wirklich ein nettes Völkchen.

Es gab einen vierten Planeten, von dem man nicht genau wusste, was von ihm zu halten war: den Wüstenplaneten Gelach, sehr heiß, steinig, staubig. Scheinbar unbewohnt.

Auf Diskob gab König Jerowalker grade ein rauschendes und auch berauschendes Fest in seinem weitläufigen Palast (vierzig Zimmer, zwanzig Bäder, zehn Pools, in toller Lage, unverbaubar). Anlass war der Sieg in einer Schlacht mit einem Trupp von Esyrkus. Heimlich landeten sie in der Wüste und wollten die Sonnenergiegewinnungsanlage auskundschaften um sie in ihrem Land nachzubauen. Techno-Spionage, aber bei einem Billiganbieter bestellt.

Aber Jerowalker hatte zu seinem Glück ein unschlagbares Ass im Ärmel: den Propheten Jonas. Ein Herr mittleren Alters, so um die fünfzig. Er trug gerne lange, dunkle Gewänder, auf denen geheimnisvolle Zeichen aufgestickt waren mit Silber- oder Goldfäden, dazu einen passenden, einfarbigen Umhang. Er wirkte ein wenig außerhalb der Welt stehend, aber so musste es wohl sein, so als Prophet. Er empfing Botschaften des einzig wahren Alpha und Omega und konnte seinen König somit warnen vor dieser Gefahr. Das Fest bestätigte: Jonas Prophezeiung war wieder einmal richtig gewesen und der zufriedene Herrscher bedankte sich durch ein besonderes Geschenk bei Jonas.

Der Palast, so prächtig (und angeberisch, wie Jonas fand) er auch war, hatte eine ziemlich seltsame Architektur. Um nutzlose Flure zu vermeiden, hatten viele Zimmer mehrere Türen und dienten somit als Durchgangszimmer, außer den drei privaten Schlafzimmern Jerowalkers. Die besonders wichtigen Räume hatten die meisten Türen. So saß Jonas an diesem schwülen Sommerabend im königlichen Speisesaal um dort sein Mahl, dass er sich am erlesenen Buffet in der luftigeren Empfangshalle zusammengestellt hatte, zu verzehren. Er wollte sich von dem Tumult der allzu fröhlichen Gäste dort etwas distanzieren, daher sein Rückzug in diese ansonsten leere Umgebung. Der Speisesaal war sehr zentral gelegen, an der Fensterseite zum Garten hin. Ein großer Raum mit insgesamt zehn Türen, dessen Boden mit Fließen in creme-beige und Goldtönen ausgelegt war. Die Wände waren in dunklem Holz getäfelt mit goldenen Akzenten und ebensolchen Säulen mit luxuriösen, großen Spiegeln zwischen den Türen. Die aus demselben Holz wie die restliche Wandtäfelung umrahmten Fenster gingen vom Boden bis zur Decke, eine ganze Zimmerlänge entlang. An ihnen hingen schwere beige-goldene Vorhänge an den Seiten. Der Raum bot an vier langen Tischen aus dunklem Holz Platz für zweihundert Gäste. Über jedem Tisch hing ein KI gesteuerter, goldener Leuchter aus sogenanntem FleKsI-Gold der sich der Stimmung der Tischgäste anpasste. So konnte der König während eines Banketts mühelos die wahre Gefühlslage seiner Gäste im Auge behalten. Jonas fühlte sich grade wohl und der Leuchter glich einer Kugel und gab leicht rosafarbenes Licht ab.

Der Raum hatte zehn automatisch gesteuerte Schiebetüren, von denen Jonas bei fünf wusste wohin sie führten: in den Hauswirtschaftstrakt mit Küche, zur Bibliothek, in Jerowalkers königlichen Audienzraum, in die Empfangshalle und in Toilettenräumlichkeiten für Gäste. Bei den anderen Türen ahnte er etwas von Fluren, die zu Gästeschlafzimmern führten und sicher auch zu dem ein oder anderen Pool. Bei Jerowalker wusste man nicht so genau, was sich im Palast alles verbarg und Jonas wollte es auch gar nicht so genau wissen, sein Seelenheil war ihm wichtiger.

Jonas hatte sich einen Platz in der Mitte eines Tisches ausgesucht, mit Blick auf die Fensterfront und damit ins Grüne. Ihm zur Linken stand ein weiterer Tisch, hinter ihm parallel nochmal zwei Tische. Rechts von ihm an einer der schmalen Seiten des rechteckigen Raumes, war eine Tür, fast in der Ecke zu den Fenstern hin. Einer Eingebung zufolge nannte er sie Tür Eins und beschloss die anderen Türen im Uhrzeigersinn Zwei, Drei und so weiter zu nennen. So hatte er die Türen in Gedanken von Eins bis Zehn markiert.

Grade als er sich einen Bissen in den Mund schob wurde Tür Eins aufgerissen und eine junge Frau in sehr freizügigem, aber luftigen Gewand, das nur aus einzelnen, rötlichen Seidenschleiern zu bestehen schien, stürmte herein. Jonas wusste, es war die aktuelle Lieblingsgespielin König Jerowalkers. Den Namen hatte er vergessen, es waren immer alberne Blumennamen, es rentierte sich nicht, sich die Namen

zu merken, er hatte es nach Nummer zwölf vor einigen
Jahren einfach aufgegeben.

   Lachend rief sie ihm zu »Du hast mich nicht
gesehen lieber Prophet!« und rannte zu Tür Fünf und
durch sie hindurch. Die FleKsI-Gold-Lampe über dem
Tisch wurde kurz oval und hatte lilafarbene Schlieren
bekommen. Jonas dachte sich nichts dabei und aß
weiter. Erneut wurde eine Tür aufgerissen, Tür
Sieben, die sich schräg im Rücken zu Jonas befand.
König Jerowalker kam eiligen Schrittes herein. »Ah,
hier bist du Jonas, nochmals Danke für deine
wertvolle Prophezeiung. Danke, danke. Ich kann gar
nicht genug danken.« Er strahlte Jonas an. Dann
fragte er beiläufig nach seiner Freundin. »Ist meine
kleine Wildrose hier durchgekommen?« Jonas
schluckte schnell und wollte grade etwas sagen, als
Jerowalker auch schon fortfuhr: »Sicher nicht, lass es
dir schmecken und nochmals danke. Ich finde sie
schon.« Er verschwand durch Tür Zehn, ganz auf der
linken Seite Jonas. Die Lampe hatte ein paar kleine
Beulen bekommen und schimmerte jetzt eher violett.
Jonas konnte kaum einen Bissen auf die Gabel
bekommen, als Tür Acht aufging und eine völlig
durchnässte Wildrose den Raum eiligen Schrittes
durch Tür Zwei wieder verließ. Dann wieder der
König: von Tür Neun stampfte er mit einigen »Danke
nochmals« an Jonas zu Tür Sechs, mit Skischuhen an
den Füssen. Jonas wollte gar nicht wissen warum. So
ging das ein paarmal, mit allen möglichen Türen in
alle mögliche Richtungen und allen möglichen
Utensilien. Eine absurde Szenerie. Schließlich rannten
die beiden gleichzeitig in den Speisesaal und fielen

sich kurz hinter Jonas Stuhl in die Arme. Die Lampe hatte am Höhepunkt der Hektik die Form eines aggressiv unregelmäßigen Zick-Zack-Sternes und war dunkel-blau-lila. Jonas konzentrierte sich schnell, als die beiden sich in den Armen lagen, dachte an Freude und Glück und konnte die Lampe in eine unauffälligere Form und Farbe bringen. Er räusperte sich kurz. »Wolltet ihr etwas sagen lieber Jonas?« sprach der König ihn an. »Ja, danke. Die Zeit ist fortgeschritten, ich wünsche euch und eurer charmanten Begleitung noch ein wunderbares Fest. Ich werde mich in mein eigenes Anwesen zurückziehen und Alpha und Omega danken. Gehabt euch wohl, eine gute Nacht.« Der König verabschiedete ihn, dankte nochmals, und entließ ihn. Jonas wickelte sich in seinen Umhang, verließ den Palast und trat auf die Straße.

Leise schritt Jonas die Allee herunter vom Palast des Herrschers zu seinem eigenen Anwesen, (zehn Zimmer, acht Bäder, kein Pool) das nur ein paar Gehminuten entfernt lag. Er lächelte still in sich hinein, stolz dem Herrscher mal wieder das Richtige prophezeit zu haben und seine Stellung am Hof somit wieder einmal gefestigt zu haben. Die bescheidene Belohnung wie Jerowalker den kleinen Raumgleiter nannte, den er ihm geschenkt hatte, war auch nicht zu verachten. Das neueste Model. Mit einer einzigen Energieladung konnte er ohne Probleme bis zum nächsten Sternensystem und wieder zurückfliegen.

Beschwingt ging er weiter.

**»Jonas!«**

rief es plötzlich in seinem Kopf.

Jonas schloss die Augen. Er kannte diese sanfte, aber doch mächtige Stimme. Sie war die Basis seiner Prophezeiungen, seine Bestimmung im Leben, Lebensinhalt, Führung. Es war Alpha und Omega, der da zu ihm sprach von Geist zu Geist. Sicher gäbe es wieder eine Prophezeiung, mit der er den Herrscher beeindrucken könnte. Sogleich rief er also freudig: »Hier bin ich, Alpha und Omega, mein Herr und Meister, Herrscher über das All und alles Erschaffene. Wie kann ich dienen?«

**»Mache dich auf und begib dich zu den Bewohnern des Planeten Finive, prophezeie gegen sie, denn sie veranstalten viele böse Dinge.«**

Die Stimme verstummte und Jonas spürte, dass Alpha und Omega ihn verlassen hatte für diesmal.

Jonas schluckte.

Er knöpfte sich seinen Umhang auf und strich sich kleine Schweißperlen von der Stirn.

Nach Finive sollte er? Zu diesem barbarischen, brutalen Volk, das bekannt war für seine sogenannten Unterhaltungsspiele mit Verbrechern, bei denen diese durchaus mal einen Arm, ein Bein oder den Kopf verlieren konnten. Oder Schlimmeres. Besonders Bewohner anderer Planeten wurden gerne für diese

Unterhaltungen hergenommen – einen Grund hatte man schnell zur Hand bei Bedarf.

»Alpha und Omega«, rief er in die Nacht hinein, »sende mich nicht zu diesem verlorenen Volk, vernichte sie einfach, gerechter Allwissender, dein Name sei gepriesen.«

Doch er bekam keine Antwort.

Irgendwo in einer anderen Wirklichkeit oder einer anderen Bewusstseinsebene oder in Dimensionen, die wir uns nicht vorstellen können ertönte die Stimme Alpha und Omegas:

**((Tu was ich sage und gut ist!))**

Er wird immer mal wieder Botschaften aus seiner Wirklichkeit verkünden, unhörbar für wirklich jeden. Da müsste man schon selbst in anderen Dimension sein um es zu lesen womöglich. Absolut unmöglich.

**((Ja ja, sie haben es verstanden, jetzt erzähl die Geschichte weiter!))**

Sobald er zuhause war, packte er eine große Reisetasche mit warmen und auch mit luftigen Gewändern und checkte im Kommunikationsdatensystem, welches Sternenschiff demnächst abflog und noch Passagiere mitnahm. Aber nicht nach Finive sondern möglichst genau in die andere Richtung, weit weg von seinem Auftrag, am besten in ein anderes Sternensystem. Alpha und

Omega würde schon einsehen, dass er dann diesen unseligen Auftrag nicht erfüllen konnte und ihm wieder andere, erträglichere Aufgaben zuweisen. Das klang alles sehr plausibel und beruhigend in seinem Kopf.

**((Lass dich überraschen, lieber Jonas!))**

Tatsächlich sollte früh am nächsten Morgen ein Schiff starten in das angrenzende System Palladin 2XIT und es wurden noch Passagiere aufgenommen. Nach kurzer Nachfrage stellte er fest, dass er auch seinen neuen kleinen Gleiter mitnehmen konnte. Perfekt.

Er ließ seinen Gleiter am Raumhafen in das Schiff bringen, kümmerte sich um die bürokratischen Angelegenheiten, zahlte einen ansehnlichen Preis und begab sich zum Schiff. Das Raumschiff Sternenwanderer X war ein gewaltiges Konstrukt und erstreckte sich über mehrere hundert Meter in der Länge. Es hatte eine elegante, stromlinienförmige Form, die sich von der spitzen Bugsektion zur leicht abgerundeten Heckpartie erstreckte. Die Oberfläche war mit einer glatten, perlmuttfarbenen Legierung bedeckt, die in hellem Licht schimmert. Auf der Außenhaut des Raumschiffs waren geheimnisvolle, leuchtende Symbole und Linien eingraviert, die die fortgeschrittene Technologie und das kulturelle Erbe von Palladin2XIT repräsentierten. Die Symbole leuchteten sanft im Dunkeln und verleihen dem Schiff ein majestätisches Erscheinungsbild. Außerdem befand sich eine große, halbtransparente Kuppel über dem oberen Teil des Raumschiffs, die als Observatorium und Aussichtsplattform für die Passagiere diente. Von hier aus konnten die Insassen die unendlichen Weiten des Weltraums beobachten. Das Raumschiff Sternenwanderer X verfügte über insgesamt sieben Decks, die sich von der obersten Brücke bis zu den unteren Fracht- und Lagerebenen erstrecken. Jedes Deck war gut organisiert und bietete unterschiedliche Einrichtungen. Das Raumschiff verfügte über eine geräumige Garage auf der untersten Ebene, die Platz für bis zu fünfzig kleine Gleiter bietete. Diese Gleiter können für Erkundungsmissionen, Transport oder Notfälle verwendet werden und sind in speziellen Halterungen gesichert. Dort war auch Jonas kleiner Gleiter untergebracht. Es gab auch einen Frachtraum, der sich über sich mehrere Decks erstreckte und ausreichend Platz für Lagerung, Vorräte und Fracht bot. Er war modular aufgebaut und konnte je nach Bedarf angepasst werden, um unterschiedliche Frachtgüter zu transportieren.

Der Kapitän und die Mannschaft, die aus dreiunddreißig hochqualifizierten Mitgliedern, darunter Piloten, Techniker, Ingenieure und Sicherheitspersonal bestanden, arbeiteten in einem hochmodernen Kontrollzentrum auf der Brücke, das mit holographischen Anzeigen und Steuerungssystemen ausgestattet war. Zum Sternensystem Palladin 2XIT, ist zu sagen, dass es in ihm zwei bewohnte Planeten gab: Allin und Inall, von dem aus ins All geflogen wurde hauptsächlich. Die Bewohner waren offen, verstrickten sich aber oft in mystischen Angelegenheiten die sie hinderten, einem geregelten Flugplan zu folgen. Als Außenstehender war das kaum zu verstehen. Sie verehrten nicht nur ihre eigenen Götter, ihr Respekt galt allen Gottheiten im gesamten Universum, wie unwahrscheinlich sie auch erschienen, schwebende Maccaronnielfen oder ähnlichem auch.

Nach einer fünf minütigen Begrüßungsansprache des Kapitäns und einem einstündigen Segen der alle anwesenden Religionen und Glaubensrichtungen betraf

**((Es gibt nur mich!))**

ging es auch schon los. Jonas bezog einen kleinen Raum, Wohnschlafzimmer mit integrierter Nasszelle, in einer der unteren Ebenen des Schiffes. Das Raumschiff startete, bald würde er weit weg sein von seiner Heimat und von Finive noch weiter weg.

Müde legte er sich in die Schlafkoje, denn sobald er zuhause war, verging der Rest der vorherigen Nacht ja mit Vorbereitungen zu der Reise. Seine Träume waren unruhig. Er rannte durch wilde Landschaften, durch Stürme, immer begleitet von der immer lauter werdenden Stimme Alpha und Omegas : »Geh nach Finive, geh nach Finive...« Schweißgebadet schreckte er plötzlich hoch.

**((Geh nach Finive! Geh nach...Oh, er ist wach...))**

In der Tür seines Raums stand ein
Mannschaftsmitglied und rief ihm aufgeregt zu: »Sir,
schnell, bitte kommen sie, das Schiff ist in
unvorhergesehene Turbulenzen geraten, ein
Magnetsturm hat uns verschluckt. Der Kapitän
versammelt alle Mitarbeiter und Gäste im Speisesaal.
Wir vermuten eine spirituelle Ungeordnetheit bei
jemandem. Bitte kommen sie.« Den letzten Satz rief  er
dem verschlafenen Propheten mit rückwärts
gerichtetem Kopf schon auf dem Weg zum Fahrstuhl
zu.

**((Wen er wohl meint? Soll ich dir einen Tipp
geben?))**

Jonas atmete schwer, kam der Bitte aber nach. Im
Speisesaal gab es eine Orakelbefragung, die alle
Anwesenden einschloss. Ein komplizierter Ritus an
dessen Abschluss man wissen würde, wer
verantwortlich war für diesen Sturm. So kam man
nach einem Mix aus ernstem, andächtigen  Anrufen
und angsterfüllten Zwischenrufen schließlich auf
Jonas. Er wurde befragt nach Name, Beruf, Grund der
Reise sowie spirituellem Hintergrund. Er antwortete
frei heraus: »Ich bin Jonas, vom Planeten Diskob. Am
Hof des Herrschers, des wunderbaren Jerowalkers,
diene ich ihm mit den Prophezeiungen, die ich vom
einzig wahren Alpha und Omega, dem Schöpfer allen
Seins, erhalte. Ich nehme an, dieser Magnetsturm
betrifft mich,

**((So ist es! ))**

denn ich weigere mich grade seinen letzten Auftrag auszuführen, daher bin ich auf dem Schiff. Setzt mich mit meinem Gleiter hier aus, euer Schiff wird gerettet sein, die Wut von Alpha und Omega geht nur gegen mich. Ich begebe mich in seine Hände, sei es zum Leben oder zum Tod.«

**((Schön gesagt, mein Lieber!))**

Alle schwiegen nach seiner Rede und sahen ihn mit großen Augen an. »So soll es sein.« , gebot der Kapitän dann. »Möge dein Gott uns verzeihen, falls du zu Tode kommst. Ich weiß, wen du meinst: den einzig Ewigen. Männer«, rief er seiner Mannschaft zu »der Rest des Tages wird gefastet und nur an den einzig ewigen Alpha und Omega gedacht und zu ihm gebetet. Damit sollten wir gerettet sein.«

**((Gnade sei euch gewährt für diesmal!))**

Jonas packte seine Sachen zusammen und brachte sie zu seinem Gleiter. Er stieg ein, der Gleiter wurde zu einer Schleuse gebracht und ins All gelassen. Sofort wurde das kleine Gefährt vom Magnetsturm verschluckt und wild herum geschossen. Jonas schloss die Augen. An einen kontrollierten Flug brauchte er gar nicht zu denken. Er wurde sich bewusst, dass er jetzt ganz in der Hand von Alpha und Omega war und nur dieser den weiteren Verlauf der Reise bestimmen würde.

Der Magnetsturm schoss ihn auf einen Planeten zu, der vor ihm immer größer wurde. Nach der Zeit, die sie im Flug vor dem Sturm verbracht hatten, konnte er das angrenzende Sonnensystem noch nicht erreicht haben, er musste noch in seinem eigenen sein. Der Planet unter ihm sah aber nicht wie sein Heimatplanet Diskob aus, da war zu viel blau, zu viel Wasser. Jonas schnappte nach Luft. Unweigerlich würde er auf diesen Planeten geschleudert werden und er wusste auch, welcher das war. Es war neben Diskob und Finive der dritte bewohnbare Planet des Systems: Esyrkus, ein Wasserplanet., der von einem endlosen Ozean bedeckt ist. Es gibt keine Kontinente auf Esyrkus, nur Inseln und unterseeische Höhlen, in denen aber das Leben blühte und von den Bewohnern mit Städten bebaut wurden. Die Esyrkier sind amphibische Wesen, die sowohl im Wasser als auch auf den Inseln leben können. Sie haben schuppige Haut in verschiedenen Blautönen und sind an das Leben im Ozean angepasst. Ihre Hände und Füße sind zwischen den Fingern und Zehen mit Häuten versehen, um das Schwimmen zu erleichtern, und sie haben Kiemen, um unter Wasser atmen zu können. Sie haben insgesamt eher kräftige Körper und scharfe Zähne und sind geschickte Jäger im Wasser, letzteres in diesen Zeiten aber nur noch als Sport.

Es geht für Jonas auch Gefahr von diesem Volk aus. Die Esyrkier hatten einst den Heimatplaneten von Jonas besetzt. Sie sind bekannt für ihre aggressiven Tendenzen, für ihre Eroberungswut. Ihre Kultur ist kriegerisch und sie wollen auf jeden Fall immer gewinnen.

Jonas Prophezeiungen der ganzen Jahre für seinen Herrscher Jerowalker bezogen sich auch auf die Esyrkier, die aber wiederum auch mit Finive in Konflikt waren und daher in letzter Zeit geschwächt waren. Gerüchte schwebten von einem Planeten zum anderen, dass die Esyrkier ein Kopfgeld auf Jonas ausgelobt hatten. Nein, kein Planet auf dem er willkommen wäre.

Sein kleiner Gleiter und der Magnetsturm und sicher auch Alpha und Omega

**((Oh ja!))**

waren aber scheinbar der Meinung, es sei genau der richtige Planet für Jonas grade. Das kleine Schiff wurde regelrecht auf den Wasserplaneten geworfen. Aus dem Fenster konnte Jonas schon die blaue, unruhige Oberfläche des Meeres sehen. An manchen Stellen erschien es ihm viel blauer, fast schwarz, lange und gewunden wie eine Haarsträhne im Wasser. »Wie sonderbar...«, dachte Jonas noch und wollte schon versuchen, doch noch die Kontrolle über seinen kleinen Gleiter zu bekommen, als ihm ein Licht aufging. Mit weit aufgerissenen Augen starrte er zu der Wasserhaarsträhne. Das konnte doch nicht...Doch um jeden Zweifel zu verscheuchen sah er es an dem ihm zugewandten Ende weiß aufblitzen. Weiße Zacken in einem schwarzen, riesigen Loch. Es war tatsächlich die riesige Wasserschlange von Esyrkus.

Sie wird oft als Leviathan von Esyrkus bezeichnet. Ihre beeindruckende Größe kann mit den höchsten

Wolkenkratzern auf Finive mithalten, umhüllt von
einer schillernden, blau-schwarzen Haut, die im
Sonnenlicht glitzert. Der Körper ist lang und
schlangenähnlich, und hat mehrere Reihen von
biolumineszenten Auswüchsen, die im Wasser
leuchten. Das Wesen besitzt große, furchterregende
Augen und ein riesiges Maul, das groß genug ist, um
ein kleines Raumschiff zu verschlingen.

**((Erschaffen für genau diesen Moment, er ist nur
für dich dieser große Fisch, lieber Jonas!))**

Hektisch begann Jonas Knöpfe zu drücken, Regler
zu schieben und versuchte am Steuerrad zu drehen,
bis ihm einfiel, dass er kein Steuerrad hatte.
Malerisch unterlegt war dieses panische Treiben von
angsterfüllten »Neinneinnein-s«. Es half alles nichts.
Der kleine Gleiter stürzte unkontrolliert auf das Meer,
immer näher zu dem Leviathan, der ihm sein
aufgerissenes Maul aus dem wilden Meerestoben
entgegenstreckte. Dann wurde es dunkel um Jonas.
Der Leviathan hatte das kleine Schiff mit einem
Schnappen in die Luft im Ganzen verschluckt ohne
einmal zu kauen.

Jonas wurde nach all der Aufregung erst mal
ohnmächtig und versank in ein traumloses Schwarz.

**((Keine Angst, ich bin bei dir!))**

Die Rebellen von Esyrkus, die den Leviathan
permanent beobachten aus ihren unterseeischen
Basen heraus, hatten alles mitangesehen und

überlegten sich, wie sie Jonas helfen könnten. Wenn sie es schaffen würden, dass der Leviathan Jonas Gleiter wieder ausspuckt wäre das auch für sie ein Vorteil und ein weiterer Schritt, das Monster als Waffe gegen die Herrscher von Esyrkus einzusetzen. Die Hilfe für Jonas war nicht selbstlos, mehr ein strategischer Schritt des Widerstands, von dem Jonas mehr zufällig wie gewollt profitieren würde. Wenn es denn funktionierte.

Der Plan war, der Seeschlange, die aus bisher unbekannten Gründen regelmäßig an der Oberfläche auftauchte, einen Energiestoß in die vermutete Magengegend zu verpassen, stark genug, damit sie sich übergibt, schwach genug, um sie nicht zu töten. Irgendwas dazwischen halt. Niemand hatte auch nur den blassesten Schimmer einer Ahnung, wie viel Energie das wirklich war. Es war eine kreative Mischung aus Schätzung, Mutmaßung und viel Hoffen, die sie auf einen bestimmten Wert kommen lies.

All das brauchte aber mehrere Stunden an Berechnungen und Vorbereitungen. Stunden, die Jonas ohnmächtig in seinem Gleiter im Magen des Leviathans lag. Dessen Magensäure hatte dem kleinen Schiff schon einige unansehnliche Flecken blubbernd beigebracht. Es war nur eine Frage der Zeit, bis die Säure das Metall komplett aufgelöst hätte und sich als nächstes über Jonas hermachen würde.

Der kleine Gleiter war wirklich ein topmodernes Gefährt. Nachdem es aus dem Magnetsturm heraus war konnte der Bordcomputer sich selbstständig neu wiederherstellen und eine Selbstanalyse über mögliche Zerstörungen des Schiffes sowie der allgemeinen Lage machen. Soweit war alles in Ordnung, aber es war offensichtlich, dass es sich in einer feindlichen Umgebung befand und von Säure zerfressen wurde langsam. Der Computer befand, dass er den Befehl zum sofortigen Start brauchte und begann mit seiner Bordstimme Jonas anzusprechen.

»Sir, ich erwarte den Befehl zum sofortigen Start. Sir, wir befinden uns in Gefahr. Bitte um Befehl zum Start, Gefahr, bitte um Starterlaubnis, Gefahr...« So ging es mehrere Minuten. Die Stimme wurde immer lauter. Der Computer entschied sich, Weckgeräusche hinzuzufügen. Es gab ein normales Klingeln, eine schrille Trillerpfeife, einen militärischen Trompetenweckruf, einen Heavy-Metal-Trommelwirbel, mehrere Kanonschüsse aus einer anderen Welt und einer anderen Zeit, schließlich ein lautes Meeresschiffshorn. Ein durchdringender Ton, der permanent durch das Schiff dröhnte, begleitet vom immer lauter werdenden »Starterlaubnis – Gefahr!« des Computers.

Diese unerträgliche Geräuschkulisse hielt auch die stärkste Ohnmacht nicht aus und Jonas erwachte. Er hielt sich die Ohren zu und schrie: »Computer, Ton aus! Lagebericht.« Das Schiffshorn verstummte und der Computer unterrichtete Jonas. »Sir, wir befinden uns in einem Säurebad, dass sich langsam durch meine Metallschichten durch ätzt. Ich empfehle einen sofortigen Start, um mindestens fünf Meter über der

Säure zu sein. Meine Sensoren sind über die weitere Beschaffenheit der Umgebung unsicher. Offensichtlich ist es ein organisches Material, das sich auch bewegt. Logisch betrachtet bleibt mir nur die Annahme, dass wir uns in einem riesigen Lebewesen befinden, dass uns grade verdauen will. Willkommen zurück Sir. Wie lauten ihre Befehle?«.

»Bring uns am besten erst mal in sichere Höhe, weg von der blubbernden Säure um uns.«, lautete die Antwort. Sofort schaltete der Bordcomputer auf Automatik, startete und flog den Gleiter ca. fünf Meter grade in die Höhe. Dort stand er still und reglos wie eine Libelle über dem Wasser. »Erledigt, Sir. Wie lauten ihre weiteren Befehle?«

»Lass mich nachdenken. Wie lange war ich bewusstlos? Wie viel Zeit ist vergangen?«, fragte er seinen unsichtbaren Gesprächspartner.

»Sir, seit ich die Systeme wieder hochgefahren habe, unmittelbar, nachdem der Gleiter den magnetischen Stürmen entkommen war, sind aktuell sechs Stunden vergangen. Während dieser Zeit war kein Befehl von Ihnen zu vernehmen gewesen und meine Analyse deutete auf tiefen Schlaf hin.«

Sechs Stunden hatte er also ohnmächtig da gelegen. Er fühle sich immer noch benommen, noch nicht ganz in der Realität angekommen. Ein Wunder, dass er eben die Befehle geben konnte, um den Gleiter erst mal zu retten. Ein wirkliches Wunder.

**((Bitte, gerne!))**

In der Zwischenzeit hatten die Rebellen ein innerplanetares Luftgefährt bereit gemacht und es mit einer Art Energiekanone ausgestattet. Zu ihrem Ärger befand sich der Leviathan aber grade auf der gegenüberliegenden Planetenhälfte, von ihrem Stützpunkt aus gesehen. Um Esyrkus einmal auf höchster Geschwindigkeit mit so einem Gefährt zu umrunden brauchte man drei Tage. Die Hälfte wären also ein ganzer und ein halber Tag – auf Höchstgeschwindigkeit. Diese war aber wegen den erhöhten Gewichts der angebrachten Energiekanone nicht zu erreichen. Die Rebellen hofften, die Seeschlange in zwei Tagen zu erreichen, sofern diese ihre momentane Position ungefähr beibehielt.

Von diesen Plänen wusste Jonas nichts.

Nachdem er vollends erwacht war und er sich erinnerte, vom Leviathan von Esyrkus verschluckt worden zu sein, kontrollierte er Sauerstoff und Nahrungsvorräte. Durch den Magnetsturm waren seine Vorräte in Mitleidenschaft gezogen worden. Ein paar Tage sollte es gehen.

Seine vorrangige Priorität war es, aus dem Fisch, wie er die alte Seeschlange nannte, raus zukommen, egal wie. Ein Loch in das Gewebe rein brennen und raus fliegen ging leider nicht: keine Energie um solch ein Manöver auszuführen. Es blieben wohl nur zwei Richtungen, um aus dem Magen wieder raus zukommen. Entweder durch die Windungen der

Gedärme, viel Säure, Druck und wer weiß was noch ausgesetzt. Doch das war nach kurzer Betrachtung keine zielführende Option. Oder dort raus, wo er reingekommen waren, durch das Maul.

Vielleicht wenn er oft und lange genug von innen im Maul herumflog, an die Zähne vielleicht. Die Zähne! Jonas schlug die Arme über dem Kopf zusammen und sank in die Knie. Er würde ganz bestimmt in seinem Gleiter zermalmt werden, würde er das versuchen. Was sollte er nur tun?

Er überlegte hin und her, machte sich Pläne, beriet sich mit dem Computer. Es gab keine Fluchtmöglichkeit, die sicher erschien. Einen ganzen Tag verbrachte er auf diese Art, unterbrochen von kurzen, lustlosen Essenseinschüben und kurzem, unruhigen Schlaf.

Wie war er nur in diese Situation hereingekommen? Ach ja, seine Flucht  vor Alpha und Omega. Was hatte er sich da nur eingebrockt.Jonas schloss die Augen. Das einzige, was er jetzt in dieser Situation tun konnte war zu beten.

»Ich rufe zu dir, Alpha und Omega, in meiner Not und ich weiß, du antwortest mir.

**((Mal sehen, überrasch mich, wenn du kannst!))**

Sieh wo ich bin: im Rachen des verschlingenden Todes, höre meine Stimme, du Mächtigster aller Mächtigen. Du warfst mich in die Tiefe, mitten ins

Meer auf diesem feindlichen  Planeten. Deine Wogen
und Wellen, deine gerechten Gerichte, kommen jetzt
über mich. Bin ich vor deinen Augen, von dir,
verstoßen oh Heiligster der Heiligen? Werde ich deine
sanfte Stimme nie mehr hören? Mein Leben geht
unter in diesen Wassern, in diesem Ungeheuer der
Tiefe. Es kommt mir vor, als falle ich, falle immer
tiefer, bis ins innere des Planeten, hinter ein
unbezwingbares Tor, dass verschlossen wird nach mir
für immer.«

Jonas schluckte. Mittlerweile war er ganz auf den
Boden gesunken, kniend, die Hände und Arme
flehend von sich gestreckt. Eine sehr demütige,
bittende Haltung. Er atmete ein paar Atemzüge lang
schwer. Es waren nicht nur Worte, die er da von sich
gab. Er hatte Angst um sein Leben, wusste aber auch,
dass er selbst schuld war an der Situation. Wieso
hatte er seinen Auftrag nicht erfüllt? Ah ja: die Angst
vor den Finive-Bewohnern.

Und da war noch ein Grund, den er sich noch nicht
eingestehen würde. Er schluckte. Das war
schlussendlich auch nur ein Armutszeugnis für
seinen Glauben zu Alpha und Omega. Wenn dieser
ihm, Jonas, eine Aufgabe gab, dann würde Alpha und
Omega auch dafür sorgen, dass er alles hatte, um
diese Aufgabe zu erfüllen. So war er, voller Liebe die
diejenigen versorgte, die ihn anriefen, die seinen Plan
mit erfüllten.

Jonas weinte. Seine Schuld stand ihm deutlich vor
Augen, sein Versagen, sein Zweifeln. Und sein

womöglich naher Tod auch, fiel es ihm siedend heiß ein. Er würde sofort alles tun, was Alpha und Omega ihm befahl, wenn er nur lebend hier wieder rauskam.

Erschöpft und am Ende seiner Kraft weinte er sich in einen traumlosen Schlaf. Nach einigen Stunden meldete sich wieder die Stimme des Gleiter-Computer und weckte ihn.

»Sir, wir befinden uns immer noch in dieser misslichen Situation. Ich empfehle dringend, diese Umgebung zu verlassen, bevor die Energie aufgebraucht ist und wir ein Säurebad nehmen. Sir, wie lauten ihre Befehle? Sir, geht es ihnen gut?« Doch Jonas schwieg und nahm sich einen in einer regenbogenbunten Metalldose versiegelten »Protein-Koffein-Jippie-Jo-Guten Morgen-Drink« aus seinen Vorräten und nippte verdrossen an ihm.

In der Zwischenzeit waren die Rebellen der Position des Seeungeheuers schon sehr nahe gekommen. Zu ihrem Glück

**((Glück hat nichts damit zu tun!))**

schwamm der Leviathan in ihre Richtung. Einige Zeit später konnten sie die Seeschlange sehen und die Energiekanone ausrichten. Das Ziel war die Magengegend. Also wahrscheinlich. Hoffte man. Jemand hustete kurz. Als alle mit der Ausrichtung einverstanden waren und auch erwähnt wurde, dass man den Gleiter des Unglücklichen hoffentlich nicht mit zerstörte, wurde die Energie hochgefahren und der Abschuss vorbereitet. In der vermuteten Magengegend begann grade ein gewisser Prophet wieder mit dem Beten.

»Alpha und Omega, Schöpfer allen Seins, Gnädigster der Gnädigen, rette mich. Führe mich aus diesem Verderben heraus. Ich bin am Ende, ich kann nicht mehr, es ist keine Kraft mehr in mir. Ich liege vor dir, bittend und flehend, ein trauriges Häufchen Elend. Zu dir komme ich, dich flehe ich an, meine Hoffnung liegt auf dir, voll und ganz, wahr und wirklich. Jedes Opfer, dass dir gefällt, will ich dir bringen, meine Zusagen an dich erfüllen, dein Wort sei mir Gesetz. Bitte, hilf mir hier heraus, dass ich leben möge...«

Flüsternd betete er weiter.

Der Countdown der Kanone lief.

Zehn, Neun

»Alpha«

Acht

»und Omega«

Sieben

»hilf mir«

Sechs

»Bitte, bitte bitte!«

Fünf, Vier

»Ich tu, was du willst, das sei mein Gesetz!«

Drei, Zwei, Eins

**((Ich werde dich retten!))**

Abschuss.

Als Boxer kennt man sicher diese Schläge in den Magen, die einem die Luft rausdrücken.Man schaut sehr überrascht, aber unschön und womöglich wird einem auch schlecht und das Innere des Magens erblickt das Licht des Äußeren. So auch bei dem Leviathan nach dem Kanonenschuss. Das Ziel war absolut perfekt berechnet.

**((Berechnet? Ich weiß ja, wo der Magen ist, ich hab ihn ja erschaffen!))**

Oder so.

Jonas Gleiter wurde nach oben gedrückt und verließ durch das Maul des Ungeheuers die unappetitliche Umgebung.

Endlich frei.

»Und danke, für den ganzen Fisch.. und seine Erfahrungsmöglichkeiten.«, dachte Jonas seltsamerweise leicht singend und es war ihm völlig unklar, warum er das dachte, aber er bekam keine Panik. Er rieb sich seine verschwitzten Hände an einem Handtuch trocken. Wie unwahrscheinlich.

Alles in allem war Jonas drei ganze Tage in dem Fisch gewesen.

An der Luft fing ihn ein Schleppstrahl des Rebellenschiffes und zog ihn mit hoher Geschwindigkeit zuerst aus der Reichweite des Leviathans, dann in das Schiff der Rebellen selbst.

Der arme Jonas kam sich vor, als wäre er erneut in Gefangenschaft. Auf dem Bildschirm sah er einen bewaffneten Trupp Esyrker, die zu seinem Gleiter liefen.

»Sir, ich empfange eine eingehende Nachricht der Esyrker. Ich spiele sie ihnen ab.«, meldete sich sein Computer.

»Kapitän des Gleiters, den wir aus dem Leviathan heraus geholt haben, verlassen sie ihren Gleiter und geben sie sich zu erkennen. Nennen sie ihren Namen und ihre Herkunft. Das ist kein esyrkisches Gefährt. Wer sind sie? Woher kommen sie? Steigen sie aus und erklären sie sich!«

Jonas war schon alles egal. Sollten sie ihn doch erschießen, das ging immerhin schneller, als im Fisch in Säure aufgelöst zu werden. Außerdem spürte er fast schon körperlich, das Alpha und Omega sein Gebet angenommen hatte und ihn retten würde. Alles würde gut werden.

**((So ist es!))**

Er atmete durch und verließ den Gleiter und ging in der Halle, in der sie sich befanden, dem Trupp entgegen. Plötzlich rief einer der Bewaffneten: »Nein, das ist doch nicht möglich. Bei allen Nymphen der tiefen See... das ist Jonas, der Prophet von Diskob. Durch seine Vorhersagen musste das Empire ein ums andere Mal eine Niederlage einstecken.«.

Jonas blieb stehen und schaute entsetzt. Würden sie ihn gleich erschießen oder erst foltern und dann töten? Mehr Möglichkeiten konnte es eigentlich nicht geben. Der Trupp blieb auch stehen und schaute Jonas an. Ein paar Sekunden lang bewegte sich niemand, keiner sagte etwas. Blicke gingen hin und her von der Truppe zu Jonas, von Jonas zu der Truppe. Jonas Gleiter gab ein Dampfgeräusch ab und die Spannung fiel ab. Die Truppe stürzte sich auf Jonas, Jonas schloss die Augen und presste die Lippen aufeinander, erwartete bald schon vor Alpha und Omega zu stehen, in wenigen Sekunden.

**((Das hat noch Zeit!))**

Doch dann hörte er den Chef des Trupps rufen: »Sei willkommen, Feind unseres Feindes. Willkommen auf dem Rebellenschiff Namenlos.« Jonas wurde umringt, mit Schulterklopfern bedacht und angelacht.

Wie wunderbar. »Danke, Alpha und Omega!«, dachte er lächelnd und war wirklich zutiefst mit Dank erfüllt.

Nachdem die Rebellen seinen Gleiter hier und da repariert hatten und seine Vorräte wieder aufgefüllt hatten luden sie ihn zu einem Abendessen ein, was er gerne annahm.

Man tauschte sich aus, Jonas regte an, dass die Rebellen mit seinem Herrscher Jerowalker ein Bündnis schließen mögen, damit sie gemeinsam gegen die Militärdiktatur kämpfen konnten. Man wollte darüber nachdenken, hieß es wohlwollend und optimistisch. Schließlich bekam Jonas einen Raum zugewiesen, in dem er die Nacht verbringen konnte. Am nächsten Tag wolle man weitersehen.

Allein in dem Raum hörte er die ihm so bekannte, sanfte Stimme Alpha und Omegas endlich wieder.

**»Ich habe dich gerettet. Nun begib dich nach Finive und warne die Bewohner. Erfülle jetzt deinen Auftrag!«**

Sofort fiel Jonas auf die Knie und versprach, diesmal seinen Auftrag mutig zu erfüllen. Dann legte er sich hin, sah aus dem Fenster seiner Kabine auf das wild wogende Meer unter sich und schlief bald ein.

Am nächsten Morgen erwachte Jonas ausgeschlafen und fühlte sich wieder regeneriert. Er nahm mit der Mannschaft ein kräftiges Frühstück ein und überlegte laut, wie er wohl am besten nach Finive kommen würde.

Es stellte sich heraus, dass die Rebellen von Esyrkus eine Konferenz mit den Rebellen von Finive in den nächsten Tagen vereinbart hatten. Der Flug dorthin sollte heute noch starten, man lud den hochgeschätzten Jonas selbstverständlich gerne ein die Rebellen mit seinem kleinen Gleiter nach Finive zu begleiten.

Jonas war etwas überrascht darüber, dass Rebellen verschiedener Planeten Konferenzen abhielten. Nach kurzem Nachdenken kam ihm aber in den Sinn, dass der Unterschied zwischen Politkern und Rebellen nur die Machtverhältnisse waren. Die einen mit, die anderen ohne Macht. Er lachte leise.

Der Flug würde etwa einen Tag dauern. Bei Höchstgeschwindigkeit, wenn nichts dazwischen kam und man sich konzentrierte und eifrig arbeitete.

Der Flug würde etwa 2 Tage dauern. Beschloss die Mannschaft.

Somit hatte Jonas noch Zeit, sein unvollständiges Wissen über Finive zu erweitern. Immerhin musste er ja jetzt wirklich dorthin. Er zuckte kurz mit dem Mundwinkel nach unten. Dann suchte er den Medienraum auf und sah sich eine Dokumentation über Finive auf dem Info-Bildschirm an. Ein Reisebericht. Prädikat ungewöhnlich. Na das klang doch vielversprechend. Ein Bewohner von In-All besuchte den Planeten mal und schilderte hier seine Erlebnisse.

»Ist das jetzt an? Ja es ist an. Hallo Freunde der weiten Weiten des Alls. Grade bin ich auf dem Raumhafen von Finive gelandet, oben auf dem Dach des 150 stöckingen Bybalon-Turms der Sprachen und Möglichkeiten. Einen fantastischen Ausblick hat man von hier. Nehmen sie sich ein paar Minuten um den Ausblick zu genießen, wenn sie hier... ja bitte?« Das Bild verschwand, man hörte ihn nur noch. »Ich darf hier nicht stehenbleiben? Oh Entschuldigung, das wusste ich nicht. Vielleicht dort drüben? Nur kurz die... ah ja..der Flugplan. Ach, das ist künstliche Schwerkraft? Das ist ja toll. Was meinen sie mit es wird gleich abgeschaltet und ich schwebe dann davon ? ...Oh, so ist das... ich komme, komme schon, komme sofort.« Die Kamera ging wieder an und zeigte verwaschene, hektische Bilder. Der Finive Besucher von In-All rannte zu einer Tür. »Also meine lieben Freunde des Alls und seiner Aussichten – der Ausblick ist schön, aber bitte bitte nicht zu lange genießen, man verliert sich womöglich sonst in dem Anblick.« Die Dokumentation ging weiter, der Reisende checkte in einem Hotel des selben Turms ein, bezog sein unverschämt luxuriöses Zimmer und packte seine Sachen in den Schrank. Das Bild-Ton-Aufnahmegerät hatte er dabei an seiner linken Schulter befestigt.

44

»Dieser Turm ist wirklich eine eigene kleine Stadt. Eigentlich braucht man ihn gar nicht zu verlassen bei einem Aufenthalt in Finive. Natürlich gibt es hier die ganzen touristischen Angebote, die man von Hotels der »Space-Hyper-Luxus-Class« erwarten darf. Restaurants, Spabereiche, Einkaufmöglichkeiten das ganze übliche Brimborium in Luxus, bunt, schön und exorbitant teuer. Aber man findet hier auch, nun, ich möchte mal sagen »Finive-Kostbarkeiten«. Wenn man weiß, wo man schauen muss.«.

Der Reisende hatte sein Zimmer mittlerweile verlassen, nahm einen Aufzug und fuhr in die 13.te Etage. Zielstrebig ging er einen Gang entlang, bog rechts ab, schien kurz zu überlegen, ging sicheren Schrittes weiter, bog links ab, nickte ein paar Mal wissend mit dem Kopf und blieb mit siegessicherem Blick vor einer Türe stehen. »Hier ist es. Ein Geheimtipp eines guten Freundes von mir, kenne ich schon jahrelang. Der Schrein der ruckelnden Uhr. Wie sie ja alle wissen, zeigt die ruckelnde Uhr immer den Zeitpunkt an, an dem etwas unglaublich Schlimmes oder etwas unglaublich Schönes geschehen kann. Nichts dazwischen. Man weiß halt nicht, was es ist, aber es wird um diese Uhrzeit des selben Tages dann sehr aufregend für denjenigen, der sie beim Ruckeln angeschaut hat. Und sie wissen ja: Nur alle 7 Jahre einmal! Bald müsste es wieder soweit sein.«

Immer noch grinsend zog er die Tür auf und das Bild verschwand plötzlich wieder. »Ob ich die Milch dabei habe? Ist das eine Fangfrage? Was meinen sie mit ich sei unschnurrig? ...Ach hier ist nicht der

Schrein der ruckelnden Uhr? ...Bastet? ...Wer? .
Gehen sie mir bitte nicht so dicht um die Beine
herum... Aua! Wieso kratzen sie mich?... Ich geh ja
schon... nein, es gibt keine Leckerlis!« Eine Tür knallte
zu. Die Kamera ging wieder an. Man sah den
Reisenden den selben Weg zurückeilen. »Dieser ferne
Bekannte, eigentlich kenne ich ihn nur flüchtig, hatte
sich da wohl etwas vertan. Der Schrein der
ruckelnden Uhr sei auf einem anderen Planeten und
sei ein bloßer Aberglaube. Meinte jedenfalls dieses
Mädchen mit aufgezogenen Katzenohren die Milch
wollte. Sowas, sowas...

Nun, lassen wir uns nicht entmutigen von dieser
kleinen Geschichte. Grade heute Abend findet im
Unterhaltungszentrum eine große Show statt und ich
habe natürlich eine hervorragende Platzreservierung
dafür. Bis später, meine Freunde der gepflegten
Reisereportagen.«

Die Kamera ging kurz aus und wieder an.
Offensichtlich ein Schnitt. Der Reisende hatte nun
einen dunkelblauen Samtanzug an mit weißem
Kragen und einen königsblau-silbrig glänzenden
Umhang darüber. Man sah ihn in einem mietbaren
Inner-Stadt-Transporter sitzen. Die Kamera
schwenkte aus dem Fenster. Riesige Wolkenkratzer
überall an den Straßen. Der Reisende erzählte:
»Ursprünglich konnte man jedes Gebäude durch die
Farbgebung einer bestimmten Funktion zuordnen.
Orange für König und Adelige, grau stand für
Verwaltung, Regierungssachen und politische Dinge,
blau für Handel und Gewerbe, gelb waren die

Fabriken und andere Gebäude der Herstellung.
Wohnhäuser und Häuser des Lebensmittelanbaus
waren grün. Dann gab es auch noch lila für religiöse,
kultige Gebäude und meistens in der Nähe auch rote
Häuser für, nun ja...Körperkult.

Anmerkung: wenn sie die Version der Geschichte ab
18 gekauft haben, (oh, wo haben sie die denn her??)
finden sie hier den Namen der Gebäude, und was dort
praktiziert wird, wenn nicht steht hier ein jugendfreier
Ersatztext.

Jugendfreier Ersatztext

Als der riesige Stadtplanet noch eine einzelne Stadt
war, in der einfach alle lebten, niemand wusste genau
warum, aber niemand lebte außerhalb der Stadt,
(man sieht ein Foto mit einer Farm mitten in der
Landschaft, über deren Eingang »Niemand-Farm«
steht) konnte dieses Farbsystem problemlos
eingehalten werden. Durch beständiges Wachstum
hatte die Stadt aber mittlerweile die Ausmaße des
ganzen Planeten erreicht. Die Gebäude wurden größer
und höher, vermischten sich, waren nicht mehr nur
für eine Sache da, es gab irgendwann zwei, drei,
vierfarbige Häuser. Mittlerweile, nach über
zehntausend Jahren, glich das Ganze einem
verquirlten Regenbogen auf einem sehr schnellen
Karussell, man sah nur noch bunte Tupfer aller
Farben. Außer bei den wirklich wichtigen Gebäuden,
wie etwa dem knallorangenen Königspalast.«

Der Reisende hatte sein Gefährt mittlerweile verlassen und stand vor einem riesigen, dunkel lila farbenem Rundgebäude, über dessen Dach sich eine pinke Kuppel erstreckte.

»So liebe Freunde der aufregenden Unterhaltung, hier stehen wir also kurz davor, uns eine prächtige Finivezeremonie anzusehen. Ich gehe mal zum Eingang. Kommen sie mit, haha, das werden sie wohl, wenn sie den Film schauen.«

Man sah den Reisenden auf einen Eingang zusteuern. Plötzlich wurde das Bild wieder dunkel. »Sitzplatz 36785 aha... und ich kann nicht hier ... ach so...Eingang drei Gang sechs Reihe achtundsiebzig Platz fünf heißt das? Das muss einem doch gesa... aha. auf dem Informationsblatt... ach das war wichtig, ich hatte es weggewor... ja.. ah auf der gegenüberliegenden Seite des Gebäudes... wo auch sonst...., danke, ich danke ihnen der Herr, danke, jetzt ist alles klar.«

Das Bild ging wieder an und man sah den Reisenden schnellen Schrittes an dem Gebäude entlang gehen. »So, der Eingang ist auf der anderen Seite, da hat der Fahrer eben wohl nicht ganz zugehört.« Er räusperte sich kurz. »Das Ticketsystem hier auf Finive ist sehr ausgeklügelt. Es beschreibt Eingang, Reihe... einfach alles. Lesen sie unbedingt die Informationsblätter gründlich durch, wenn sie hier her kommen, die helfen wirklich weiter. Oh, ich höre die Trompeten zum Beginn des Spektakels.« Er rannte jetzt regelrecht. Das Gebäude schien nicht aufzuhören. Alle zwanzig Meter war ein Eingang, grade kam er an Eingang siebenundzwanzig vorbei. »Ich höre grade der König beginnt mit seiner Eröffnungsrede. Leider höre ich nur Brocken. Ich wiederhole sie ihnen: Ehrentag... Tanz der Schwertpriesterinnen... Verurteilte Gefangene... lieber arm dran, als Bein ab, was? Ach, er hat einen Witz gemacht, jeder lacht...« Er schnaufte ein wenig, war aber immerhin schon an Eingang einundzwanzig vorbei. »Oh, jetzt höre ich Musik, irgendwas metallisches wird auch aufeinander geschlagen...oh, da schreit aber jemand... jetzt ist es totenstill, seltsam...ach ich wünschte ich würde es sehen. Hätte ich doch nur die Info gele... ich meine hätte der Fahrer mich doch zum richtigen Eingang gefahren. Ärgerlich, ärgerlich, wirklich dumm.« Eingang zwanzig... neunzehn... »da sind glaube ich wilde Tiere in der Arena, wieder Schreie.« Tor Achtzehn, siebzehn und sechzehn. Der Reisende rannte und schnappte nach Luft. Seine Kondition gab langsam auf. »Gebrüll... Lachen... ich kann nicht mehr.« Er blieb stehen, stand mit auf den Oberschenkeln aufgelehnten Armen da und zwang sich ruhig zu atmen. Dann kippte er um und man sah das Bild seitlich verdreht, oben war rechts, unten links. Minutenlang passierte nichts, man hörte nur den Verkehr und das Geschrei aus der Arena. Finive-Bewohner gingen an ihm vorbei, einer stieg über ihn. Schließlich rief doch jemand den Sicherheitsdienst an, um sich zu beschweren, dass da einer liegt. Wie schon erwähnt: ein nettes Völkchen!

Das Bild-Ton Aufnahmegerät ging aus und wieder an. Erneut ein Schnitt wohl.

Der Reisende war wieder in seinem Hotelzimmer und saß auf seinem Bett. Er sah ein wenig lädiert aus ein Pflaster klebte über seinem linken Auge.

»So liebe Freunde fremder Planeten. Ich beende meine aufregende Finive Reportage hiermit. Finive ist wirklich eine Reise wert. Passen sie auf sich auf, wenn sie herkommen, genießen sie die Show, aber werden sie bloß nicht Teil von ihr. Vielleicht bis zum nächsten mal, wenn ich den Schrein der ruckelnden Uhr doch noch finden sollte, ich bleib dran. Auf Wiedersehen.«

Das Bild wurde schwarz, ein Abspann lief.

Jonas schaltete ab.Er wusste nicht wirklich, was er davon halten sollte. Dieser Reisebericht wirkte höchst unprofessionell, vorsichtig ausgedrückt. Vielleicht konnte er sich selbst noch einen kleinen Überblick verschaffen, wenn er dort ankam.

Jedenfalls schienen die Finive Bewohner sehr makabere Spiele zu spielen und wer weiß was sonst noch, er hatte da schon einige, wilde Geschichten gehört. Jonas wurde klar, wieso Alpha und Omega ihn dorthin schicken wollte um gegen diese Leute zu prophezeien.

Der Rest der Reise verlief ereignislos und so kam Jonas ausgeruht auf Finive an.

Da die Mission der Crew einen eher inoffiziellen Charakter hatte und man lästigen Fragen wie »Grund ihres Aufenthalts?« (»Ach eine Konferenz mit den hiesigen Rebellen? Ja gerne doch!«) aus dem Weg gehen wollte, landeten die Rebellen von Esyrkus ihr Raumschiff ein wenig außerhalb des belebten Stadtzentrums in einem ruhigen, rein blauen Gewerbegebiet.

Das Raumschiff verschwand in einer Lagerhalle und wurde mit einer Art Hebebühnenaufzug in einer der unteren Etagen geparkt. Somit war es unsichtbar für neugierige Augen. Jonas kleiner Gleiter wurde im Erdgeschoss abgestellt, verdeckt mit einer Hülle. Lästige Fragen wären auch für ihn unangenehm gewesen.

Folgendes Gespräch hätte so nicht stattgefunden:

»Grund der Reise? Eine Prophezeiung gegen alles und jeden? Buße oder schrecklicher Tod?«

**((Sie haben die Wahl!))**

Jonas sah sich um. Weit und breit war niemand zu sehen. Nur Gebäude in Blautönen. Das war zwar für die Rebellen sehr hervorragend, nützte jemandem der eine Prophezeiung an den Mann und die Frau bringen wollte aber gar nichts.

»Vielen Dank für den angenehmen Transport nach Finive«, bedankte sich Jonas mit einer kleinen Verbeugung. »Seid gesegnet dafür. Wie komme ich denn von hier aus am besten ins Stadtzentrum oder in den Palast des Herrschers?«, fragte er in die Runde der Esyrkus Rebellen.

» Hm, «, meinte einer, » da gab es doch hier im Lager so eine interaktive Stadtkarte von Finive, die mit einem geredet hat, hatten wir doch auch mal benutzt. Wo war die gleich versteckt?«

Nach ein paar Minuten Suche unter Planen, hinter Postern, unter Teppichen und sonstigen möglichen Geheimverstecken wurden die Rebellen fündig und drückten Jonas einen kleinen Bildschirm in die Hand. »Du kannst der Karte einfach sagen wo du hinwillst, sie lotst dich dann zum Ziel.«, erklärte ihm einer. »Leider ist das nicht das neuste Modell, sondern ein Prototyp, den wir mal, nun ja, gefunden haben. Die Sprachausgabe war noch in Bearbeitung und ändert sich immer mal wieder. Aber sonst ist damit alles in Ordnung. Leg es einfach wieder hier an die Seite«, er zeigte auf eine bestimmte Stelle im Lager, »wenn du deinen Gleiter abholst.«

Jonas bedankte sich, verabschiedete sich herzlich von den Rebellen und wünschte ihnen viel Glück beim Bündnis schmieden mit den Finive-Rebellen. Er stellte sich an die Straße vor das Lager und sagte in Richtung des Gerätes: »Ich möchte zum Palast des Herrschers.«Es klickte kurz, dann meldete sich eine Stimme, die irgendwie heruntergekommen und zwielichtig klang: »So, zum Palast des Herrschers, na was für ein Ding willste da denn drehen, Alter?« Jonas schaute entsetzt den Stadtplan an. Dann dämmerte es ihm: das musste wohl der Fehler bei der Sprachausgabe sein. »Alpha und Omega, steh mir bei!«, dachte Jonas ergeben.

**((Ich bin bei dir!))**

»Sag mir einfach in welche Richtung ich gehen muss!«, befahl Jonas der Karte. »Verrate es niemandem, aber du musst rechts die Straße entlang, zumindest mal die ersten 200 Schritte, bis die Häuser eine andere Farbe bekommen. Dann bekommst du den nächsten Hinweis von mir.« flüsterte die Karte in verräterischem Tonfall. Jonas atmete durch und machte sich auf den Weg.

»Wie lange muss ich denn insgesamt gehen bis zum Palast?«, fragte Jonas. Die Karte gab keine Antwort. »Hallo? Wie lange ist der Fussweg bis zum Palast bei dieser Schrittgeschwindigkeit?«, wiederholte und optimierte Jonas seine Frage. Es knackte kurz. »Gut dass Sie fragen. «kam es sehr, wirklich sehr freundlich und kein bisschen gangstermässig mehr von der Karte, »Es ist immer gut zu wissen, woran man ist, da haben sie recht. Bei dieser nicht ganz so flotten Schrittgeschwindigkeit erreichen wir den Palast in zwei Tagen. Ich könnte ihnen aber eine Abkürzung anbieten, dann schaffen sie es locker in eindreiviertel Tag. Na, wie wärs?«

»Danke.«, erwiderte Jonas zu seiner eigenen Überraschung, »Bitte einfach den schnellsten Weg.«

»Wie sie wünschen, gerne, gerne«, kam es diensteifrig von der Karte. Jonas besah sich die Gegend. Alle Gebäude waren in verschiedenen Blautönen gehalten. Nach den einsamen Lagerhallen kamen Abstellplätze für Baufirmen, auf denen diverse Baumaterialien lagerten, danach ein Anbieter für landwirtschaftliche Maschinen. Ein paar Schritte im Voraus sah es Jonas gelb leuchten, er näherte sich einem Industriegebiet. »Um dein Ziel zu erreichen empfehle ich dir an der nächsten Kreuzung links zu gehen. Ich melde mich dann wieder, wenn sich die Richtung ändert. Ich wünsche viel Vergnügen, mit der neuen Richtung.«, kam es freundlich aus der Karte.

Nach der Abzweigung konnte Jonas wählen zwischen gelb gestrichenen Fabriken rechterhand von ihm oder grün gehaltene, ältere Einfamilienhäuser auf der linken Seite.

»Perfekt«, gratulierte ihm die Karte, »richtig abgebogen, sehr gut. Jetzt dürfen sie ein paar Stunden hier geradeaus gehen, ganz stressfrei. Ist das nicht toll?« Die Stimme klang begeistert.

Jonas seufzte ergeben und ging. Grade aus. Wohin auch sonst.

Er überlegt sich, was er den Einwohnern von Finive genau predigen würde. Seine Miene verfinsterte sich kurz. Er hatte da so eine Ahnung, aber die würde er noch nicht aussprechen. Also was sollte er sagen?

**((Mach es kurz und schmerzlos!))**

Vielleicht so, dachte sich Jonas:

»Finive Bewohner! Hört zu und entscheidet weise!
Der einzig wahre, lebendige Gott Alpha und Omega
gebietet euch von euren sündigen Wegen umzukehren
und wahrhaft Buße zu tun durch Fasten und
Enthaltsamkeit. Kehrt ihr aber nicht um, dann wird
ganz Finive in vierzig Tagen untergehen. Täuscht euch
nicht: er sagt es, er tut es!«

Jonas überlegte. So gefiel ihm das nicht.

Alpha und Omega sprach zu ihm:

**»Du wirst das predigen, was ich dir sagen werde!«**

»Danke«, antwortete Jonas einfach und verbeugte
sich leicht, dabei zum Himmel schauend.

Mittlerweile war die Gegend nicht mehr ganz so
einsam. In den Gärten der Häuser waren Finive-
Bewohner, ab und zu spielende Kinder. Jonas hatte
sich ganz in seinen Umhang gehüllt um nicht erkannt
zu werden und beobachtete die Spiele der Kinder. Ein
beliebtes Spiel hieß: Flucht aus Sotom. Es war ein
Lauf-Fang-Spiel. Eine Gruppe Kinder, die
Flüchtenden, musst vor einer anderen Gruppe, den
Richtern, davonlaufen. Die Besonderheit war, das die
Richter mit den Flüchtenden sprachen und sie dazu
bringen wollten, sich umzudrehen. Wenn sie das taten
und einem Richter ins Gesicht schauten dadurch,

mussten sie sofort wie zur Salzsäule erstarrt stehenbleiben und durften sich nicht mehr rühren.

Jeder in Finive wusste, dass dieses Spiel auf einer tatsächlichen Begebenheit beruhte. Das war zu der Zeit, als Finive noch eine kleinere Stadt war. Sotom war eine Stadt, etwas weiter im Süden gelegen. Dort gingen die wildesten Partys ab, aber jenseits jeden guten Geschmacks. Was einem gefiel machte er, egal wie ein anderer das sah oder womöglich sogar darunter litt. Das war mal so gar nicht in Ordnung, vorsichtig gesagt. Alpha und Omega vernichtete sie schließlich. Eine einzige Familie entkam dem grauenhaften Feuergericht, doch die Frau war zu neugierig, drehte sich um und erstarrte zur Salzsäule. Diese Geschichte wurde auf Finive immer noch erzählt, sie schwebte wie eine Warnung im allgemeinen Gedächtnis der Finive-Bewohner.

Selbstverständlich kannte auch Jonas diese Geschichte und sah die Zusammenhänge im Spiel. »Dann kannte man Alpha und Omega also auch auf Finive und wusste, wozu er fähig war, wenn er Gericht hielt.«, dachte er.

**((So ist es!))**

Bei diesen ganzen Überlegungen und Beobachtungen war es Jonas gar nicht bewusst, wie lange er schon geradeaus lief. Plötzlich hörte er eine weibliche Stimme, die er erst nicht zuordnen konnte. Sie schimpfte: »Langsam wird es mir hier zu bunt mit dir mein Lieber. Was glaubst du eigentlich, wohin du

gehst?« Jonas sah sich um: niemand war da. Dann
dämmerte ihm, woher diese Stimme kam und er
nahm die Karte in Hand. »Du biegst besser mal links
ab, hörst du, jetzt gleich an der nächsten Kreuzung.
Sonst kommst du nie zum Palast des Herrschers.«,
befahl die Stimme aus der Karte. Jonas seufzte
ergeben und tat wie befohlen, denn er wollte ja zum
Ziel kommen.

Er ging und ging weiter und ging noch weiter.

»Na schau an, bist ja doch ganz gescheit. Nächste
Kreuzung rechts. Tschau!«, ertönte es wieder aus der
Karte.

Langsam wurde er müde. Fast den ganzen Tag war
er jetzt schon unterwegs. Eine Kinderstimme meldete
sich plötzlich. »Hallo, du, kannst du bitte die nächste
Straße rechts abbiegen? Das wäre super.« Nach nur
ein paar Schritten auf der eingeschlagenen Straße
tönte es »jetzt links, links muss du gehen links links
links ...«

»Ja ja«, erwiderte Jonas genervt und blieb stehen. Er
war an einer Art Aussichtspunkt angelangt und sah
auf ein riesiges, rundes, lilafarbenes Gebäude mit zig
Eingängen. Das musste wohl das
Unterhaltungszentrum sein, an dem der Reisende in
seiner Reportage vorbeigelaufen war, um den richtigen
Eingang zu finden. »Ganz schön groß« , dachte Jonas
beeindruckt und schaute in die Landschaft.

»Du. Sollst. Nach links. Gehen!«, schrie ihm eine Kinderstimme zu. »jetzt sofort, los, links , links, links« »Ich geh ja schon, ich geh ja schon«, gab Jonas genervt auf und bog ab.

Schon nach ein paar Schritten sandte die quengelige Kinderstimme ihn erneut mit einem Befehl nach links. Jonas ging ein paar Schritte, schon wieder eine Kreuzung, er sollte rechts... aber die Kreuzung kannte er doch?

»Sag mal du Nervstimme, wieso hast du mich eben an dieser Kreuzung denn rechts geschickt? Ich hätte doch einfach geradeaus gehen können? Was sollte das?«, verlangte Jonas zu wissen.

»Haha, hab dich reingelegt.«, ertönte es aus der Karte. »Reingelegt?«, Jonas schrie fast. Er bog trotzdem schon mal rechts ab und kam auf einen großen Platz. Er schimpfte weiter mit der Karte und wurde mit jedem Wort immer lauter. »Ich werfe dich gleich in den nächsten Mülleimer, aber erst nachdem ich ein bisschen auf dir herumgetrampelt bin, so wie du auf meinen Nerven herumtrampelst. Dann sag ich Haha!«

Durch sein Geschrei blieben einige Passanten stehen und sahen ihn an. Ein kleiner Kreis Schaulustiger hatte sich schon gebildet. Bild-Ton-Aufnahmegeräte waren auf Jonas gerichtet.

»Es war doch nur ein Spiel, tut mir leid.«, nuschelte die Karte kleinlaut. Dann klickte es.

»Bitte verzeihen sie die Unannehmlichkeiten mit der vorigen Stimme.«, kam es höflich und sachlich aus der Karte. »Sie sind ihrem Ziel schon ganz nah. Überqueren sie jetzt bitte den Platz in Richtung der großen, grauen Gebäude am Horizont. Dort geht es weiter.« Jonas hörte schon gar nicht mehr hin und verstaute die Karte in der Tasche seines Umhangs.

Er sah sich um. Eine beachtliche Menge Finive-Bewohner stand um ihn herum. Er konnte seine Prophezeiung auch gleich hier loswerden. Er war sowieso grade in Stimmung, dachte er sich und hörte in seinem Kopf plötzlich:

**»Noch vierzig Tage und Finive wird zerstört!«**

Er wiederholte es mit lauter Stimme: »Noch vierzig Tage und Finive wird zerstört!«

**((Auftrag erfüllt lieber Jonas. Geht doch!))**

Dann drehte er sich auf dem Absatz um und ging den ganzen Weg zurück, um seinen Gleiter zu holen und nach Hause zu fliegen.

Die Finive-Bewohner schauten erst völlig erstaunt, dann verunsichert, dann leicht panisch »Wie bei Sotom!«, hörte man in der Menge. »was haben wir nur getan?« riefen andere verzweifelt. Die aufgenommenen Filme wurden ins soziale Kommunikationsnetz gestellt und zig mal verbreitet. In Kürze wusste fast der ganze Planet Bescheid. Es gab sogar eine Sondersendung auf einem Nachrichtensender: »Die Prophezeiung!

Sind die Tage von Finive gezählt? Wer ist der unbekannte Prophet? Sind wir Sotom Zwei? Diese und andere Fragen besprechen wir mit unserer Reporterin Rosa Fragnit.« Andere machten aus aus der Botschaft ein eher gesprochenes wie gesungenes, wildes Lied:

Noch vierzig Tage und Finive wird zerstört!

Hey, Bruder, Schwester, hast du nicht gehört?

Voll zerstört! Nicht gehört? Voll zerstört!

Nicht gehört?

Noch vierzig Tage und Finive wird zerstört!

Grund dafür ist: wir sind wohl gestört.

Voll zerstört! Nicht gehört? Wohl gestört!

Voll zerstört!

Nicht gehört? Wohl gestört!

Noch vierzig Tage und Finive wird zerstört!

Von schlimmer Sünde waren wir betört.

Voll zerstört! Nicht gehört? Wohl gestört! So betört.

Voll zerstört! Nicht gehört? Wohl gestört! So betört.

Noch vierzig Tage und Finive wird zerstört!

Es wurde millionenfach runter geladen aus diversen Musikportalen.

Man stimmte allgemein mit der Botschaft überein und fürchtete sich vor einem möglichen Gericht Alpha und Omegas. Auch wurde die Geschichte über die Vernichtung von Sotom in wildesten Schilderungen als wäre sie grade eben erst passiert, erzählt.

Stimmen wurden laut, erst vereinzelt, dann immer mehr, dass man fasten sollte und sich einfache Gewänder anlegen sollte um Alpha und Omega die Ehre zu geben und Buße zu tun. Und sie taten es, respektvoll und ehrlich.

**((Das wird euch helfen für diesmal und soll als Zeichen stehen für alle Zeit!))**

Auch im Rat der Weisen wurde die Prophezeiung gegen Finive in Anwesenheit des Königs diskutiert. Der Geheimdienst hatte über den unbekannten Propheten in Erfahrung gebracht wer er war: der königliche Prophet Jonas vom dortigen Herrscher Jerowalkers des Planeten Diskob. Alle seine Prophezeiungen schienen in Erfüllung zu gehen, er war bei Freund und Feind hoch angesehen bzw. gefürchtet. Das zeitgleich ein Treffen an einem leider unbekannten Ort von Finive-Rebellen mit Esyrkus-Rebellen stattfand hielt man für einen Zufall. Da gab es nicht den geringsten Zusammenhang. Keinesfalls.Völlig ausgeschlossen!

Der König beschloss nach kurzer, sehr einstimmiger Diskussion, zu eintönig, um sie hier weiter zu erwähnen, dass alle Buße tun sollten, sich einfache Gewänder anlegen sollten und rief ein planetenweites Fasten aus. Sogar die Haustiere der Bewohner sollten fasten. Außerdem wurden alle Spiele im Unterhaltungszentrum  bis auf weiteres gestrichen. Ersatzlos!

Eigentlich ordnete er mit dem Fasten für alle etwas an, was sowieso schon alle taten. Ist es denn ein Befehl, wenn es jeder schon freiwillig macht, weil es das richtige ist? Vielleicht musste es nur mal laut ausgesprochen werden. Sicherheitshalber.

**((Mir hat es gefallen!))**

Von Jonas Prophezeiung bis zu des Königs Befehl war ein ganzer Tag und ein halber vergangen. Jonas bemerkte anfangs auf seinem Weg zurück zum Unterstand seines Gleiters zwar eine gewisse Aufregung, seltsame Musik mit »zerstört...gehört...« er verstand es nicht genau, doch je weiter die Zeit voranschritt, desto mehr Finive-Bewohner liefen plötzlich in einfachen Gewändern herum. Manche sahen regelrecht wie Säcke aus. Sie gingen mit gesengtem Kopf umher. Allgemein sah man aber nur sehr wenige Finive-Bewohner noch auf der Straße. Jonas lächelte kurz freudlos.

Er fand das Lager in der blauen Gegend sofort wieder, sein Gleiter stand noch da unter den Planen, startbereit. Die Karte, die er auf dem Rückweg lieber nicht mehr benutzt hatte, legte er an den Platz, den die Rebellen ihm gezeigt hatten, gut versteckt vor neugierigen Blicken.

Er wollte grade in seinen Gleiter steigen und war auf der Leiter schon ein paar Sprossen hochgestiegen, als er bemerkte, dass die Esyrker auch ins Lager zurückkamen. Scheinbar war die Konferenz schon zu Ende. Wortfetzen drangen an sein Ohr:

»Abgesagt wegen Buße... Finive zerstört... keine Verbündeten mehr für uns... alles umsonst.. und wir haben diesen Propheten auch noch hier hergebracht... wenn wir den erwischen...«

Das genügte Jonas. Rasch stieg er in seinen Gleiter.»Computer«, zischte Jonas nervös , »sofort Start vorbereiten, wir müssen schnellstens hier weg. Und kannst du irgendetwas tun, dass die Rebellen vielleicht nicht so schnell hier wegkommen? Ihr Raumschiff ist ja ein paar Etagen weiter unten geparkt, vielleicht etwas mit dem Aufzugsystem?«

»Willkommen zurück Sir. Ich bin voll geladen und in bester Verfassung. Sofortiger Start ist möglich, sobald ich aus der Halle gerollt bin. Das Aufzugsystem der Halle könnte ich durch einen gezielten Laserschuss auf die Steuereinheit ausschalten, wenn sie Genehmigung zum Schuss erteilen.«, gab der Computer charmant zurück. »Genehmigung erteilt. Herr steh uns bei!«, entgegnete Jonas.

**((Das werde ich, lieber Jonas!))**

Dann ging alles sehr schnell. Der Gleiter rollte aus seinem Versteck ein Stück vorwärts, brachte ein paar eintreffende Rebellen dazu, grade noch zur Seite zu springen, während andere ihre Waffen zogen und auf den Gleiter schossen. Die Kugeln prallten wirkungslos ab. Als der Bordcomputer den richtigen Winkel hatte, schoss er auf die Steuerungseinheit des Hebebühnenaufzugssystems und machte es unbrauchbar. Die Rebellen würden Jonas nicht so schnell verfolgen können. Unter lautem Geschrei und noch einigen unnötigen Schüssen auf den Gleiter, rollte dieser weiter nach draußen, und hob schließlich senkrecht ab nach immer weiter oben.

»Sir, ich bitte um Angabe des Flugziels. Wohin soll die Reise gehen?«, meldete sich der Bordcomputer schließlich.

Das war eine gute Frage, fand Jonas und überlegte. Dann fragte er den Computer: »Wo steht eigentlich der Wüstenplanet Gelach grade? Ist er grade nah an Finive eventuell aber nicht auf der Linie, Esyrkus/Diskob?« Bei letzterem würden ihn bestimmt die Rebellen vermuten, daher wollte er möglich woanders hin. Außerdem wollte er sich das weitere Geschehen auf Finive ansehen, das ging von der Nähe aus besser. Wenn er auch schon missmutig so eine Ahnung hatte... aber er wollte es immer noch nicht aussprechen, was er da vermutete.

Der Computer meldete sich:»Planet Gelach ist in 2 Tagen zu erreichen. Esyrkus und Diskob befinden sich entgegengesetzt dazu grade. Soll ich Planet

64

Gelach als Ziel der Reise verwenden Sir? Wobei ich hier eine Warnung für Besucher habe, der Planet sei unbewohnt, sehr heiß, steinig, staubig und nicht als Reiseziel für Ausflügler zu empfehlen. Wollen sie wirklich dahin Sir?«

Jonas atmete kurz durch. »Ja.«, antwortete er dann und nahm Platz auf dem Kapitänsstuhl.

Kapitän Jonas, unterwegs in den Weiten des Alls. Doch, das gefiel ihm.

Dann befahl er dem Computer, einen Nachrichtensender von Finive anzuzapfen und auf den Bordbildschirm zu legen. Er wollte informiert sein, wie es jetzt weiterging in Finive.

»Sehr gerne Sir. Hier der beliebteste, planetenumspannende Sender Finitonews.«

Auf dem Bildschirm erschien der Hauptstadtteil Finives. Alles war wie ausgestorben. Niemand zu sehen. Aus einer Ecke schoss plötzlich jemand mit einem Sack bekleidet über den Platz, auf dem Jonas seine Prophezeiung gemacht hatte und rief laut »Es tut uns so leid. Vergib uns. Bitte sei gnädig mit uns!« Er rannte über den ganzen Platz, verschwand.

Jonas schloss die Augen. Sie schienen ja wirklich Busse zu tun. Seine Mundwinkel zuckten nach unten. »Na, wer weiß für wie lange.«, dachte er so bei sich und spürte plötzlich die bekannte, mächtige Präsenz von Alpha und Omega in sich.

**»Wir können gerne schauen. Schliss die Augen!«**

Jonas schloss die Augen.

**»Öffne sie wieder!«**

Auch das tat er wie angeordnet nur eine Sekunde später.

**»Ich habe deinen Gleiter in der Zeit bewegt. Die vierzig Tage sind jetzt um. Sieh doch, die Finive-Bewohner fasten immer noch, tragen Sack und geben mir die Ehre. Sie kehren wirklich um von ihren bösen Wegen, gut. Das gefällt mir. Ich werde ihnen nichts tun. Sie seien verschont!«**

Jonas spürte, das Alpha und Omega wieder verschwunden war, zumindest würde er im Moment nicht zu ihm sprechen.

In ihm kochte es vor Wut. Mit rotem Gesicht rief er an den Computer gerichtet:

»Übertragung aus. Ich bin in meiner Kabine. Nicht stören, erst wenn wir da sind oder wenn etwas lebensbedrohliches passiert.«, befahl er dem Computer und zog sich zurück.

Dass die Flucht zum Planeten Gelach unnötig geworden war durch die Zeitreise kam ihm in seinem erregten Zustand gar nicht in den Sinn.

In der kleinen Schlafkabine angekommen, die aus nicht viel mehr Platz wie dem eigentlichen Bett bestand, atmete er ein paarmal tief durch, schloss die Augen und kniete sich vor das Bett. Das heißt, er wollte sich locker hinknien, aber der Platz vor dem Bett war so knapp, dass er geradezu am Bett klebte mit dem Oberkörper, die Füße dafür direkt eher in der Wand neben der Tür standen. Diese unbequeme Haltung ließ seine sich im Keller befindliche Laune direkt in das 10.te Untergeschoss fahren. Trotzdem schaffte er es, das Gebet mit Alpha und Omega ruhig und respektvoll zu beginnen.

»Alpha und Omega, Schöpfer allen Seins, die Finive-Bewohner tun tatsächlich Buße und du verschonst sie. Ich wünschte sehr, dass sie das nicht tun und du sie vernichtest, denn sie sind und bleiben eine grosse Gefahr für Diskob. Aber ich wusste schon zuhause an dem Abend, dass du wieder gnädig sein wirst wenn sie Buße tun, weshalb ich ja auch gar nicht erst hinfliegen wollte.« So ruhig er auch begann, wurde er doch immer lauter und redete sich in immer größere werdenden Ärger hinein. »Es war ja klar, dass du sie verschonst somit. Alles wie immer. Ach, töte mich einfach, das ist besser, ist in Ordnung.«

**»Meinst du es ist richtig, dass du wütend auf mich bist?«**

Jonas antwortete nicht.

**((Ich werde dich lehren, lieber Jonas, damit du verstehst!))**

Plötzlich saß Jonas nicht mehr eingeengt vor seinem Bett in der Kabine des Gleiters, sondern im heißen Sand einer endlosen Wüste. Erschrocken sprang er auf. Sein Gleiter war verschwunden, bis zum Horizont in alle Richtungen nichts außer Sand, Sand, Sand. »Was... Wo... ?«, brachte Jonas nur heraus.

### »Willkommen auf Gelach!«

Jonas schluckte kurz und fühlte sich ziemlich klein.

»Alpha und Omega, Herr aller Herren, die Sonne versengt mich. Willst du mich verbrennen? Ist das meine Strafe ? Die Finive-Bewohner werden nicht bestraft aber ich also.«, jammerte Jonas.

Neben ihm aus dem Sand schoss plötzlich ein Baum hervor, 4 m hoch, mit Blättern wie Finger übereinander gelappt. Jetzt saß Jonas im Schatten und fühlte sich gleich besser. Alpha und Omega schwieg. Die Sonne ging unter, Jonas wickelte sich in seinen Umhang und kuschelte sich unter den Baum. Bald schon schlief er ein.

### ((Ich habe noch eine Überraschung für dich!))

Kurz vor Sonnenaufgang kroch ein Trappist-Wurm in den Baum hinein und sie fraßen ihn von innen heraus auf. Nein, das ist kein Grammatikfehler, denn wie ja jedem seit der vielfach ausgezeichneten Naturdokumentation über den Planeten Gelach »Die Wüste lebt – du stirbst!« bekannt ist, teilt sich der Trappist Wurm, sobald er eine bestimmte Menge

Nahrung aufgenommen hat, in zwei eigenständige Würmer. Schwupps waren es zwei, vier, acht..., eben immer das doppelte der vorigen Anzahl Würmer. Der Baum zerfiel schließlich zu einem kleinen Häufchen, die Würmer krochen in den Sand und verschwanden.

Jonas wurde wach, die Sonne stach ihn schon wieder und als besondere Aufmerksamkeit sandte Alpha und Omega ihm noch einen heißen Ostwind. Jona erschöpfte in der Hitze augenblicklich und begann wieder zu jammern: »Ach Herr, das ist nicht zum aushalten. Der schöne Baum ist verdorrt, nichts spendet mir mehr Schatten. Ich hatte ihn wirklich gern. Ach töte mich einfach, ist schon gut.« Der letzte Satz kam etwas angefressen aus Jonas raus.

**»Du bist wütend wegen des Baumes? Es tut dir leid, dass er starb? Hast du ihn gepflanzt, gegossen, aufgezogen? Nein? Aber mir wirfst du vor, dass ich Mitleid mit diesen ganzen Lebewesen, den Bewohner und auch ihren Tieren, wenn es nach dir geht, lieber Jonas. Denk mal drüber nach, ob deine Wut gerecht ist.«**

Alpha und Omega schwieg und Jonas spürte, dass er verschwunden war.Jonas verstand. Nein, seine Wut war nicht gerecht gewesen. Alpha und Omega hatte die Finive Bewohner gerettet, so viele Leben, und so wertvoll, wie jedes Leben wertvoll ist, das Leben selbst wertvoll ist.

Müde und überhitzt schaute er auf seine Füße und fragte sich, wie er jetzt nach Hause kommen sollte.

Irgendetwas war im Sand neben seinen Füssen. Er schaute genauer hin: Da war eine kleine Uhr, so ein kleiner Tischwecker aus irgendeinem dunklen Holz mit Digitalanzeige in allgemeiner kosmischer Uhrzeit. Konnte jeder lesen. Ihre Uhrzeit zeigte grade 15:00 an als sie plötzlich ruckelte. Jonas starrte sie an. Das hatte er sich bestimmt nur eingebildet. Oder er bekam einen Hitzeschlag und fantasierte schon.

Aus dem Nichts tauchte sein kleiner Gleiter am Horizont auf und steuerte auf ihn zu. Jonas lächelte. Alles würde gut werden.

**((Ja, lieber Jonas!))**

Der kleine Gleiter brachte ihn sicher nach Hause, ohne weitere Stürme, Rebellen, Zeitreisen oder einer anderen Art von Aufregung und da die Sterne günstig standen und Alpha und Omega etwas nachhalf schaffte er den Weg in unter einem Tag.

In seinem Palast angekommen erwartete ihn ein Bote Jerowalkers.»Der Herrscher erwartet Euch zum dringenden Gespräch um Punkt Fünfzehn Uhr.« »Ja ich komme«, antwortete Jonas.

Auf einem fernen Planeten deckte eine Windbö eine kleine Uhr wieder mit Sand zu.

**((Ein Zeichen für alle Zeiten! Gehabt euch wohl, liebe Leser, seid gnädig, so es an euch liegt!))**

# Liebesbriefe von Taube und Herzenshirte

## Brief 1

Du, den meine Seele liebt,

Ich vermisse deine zarten Küsse, unsere heimlichen Umarmungen auf der versteckten Schafweide.

Gestern bin ich in der Stadt rumgelaufen, mitten in der Nacht. Ich war ganz verwirrt irgendwie, habe dich gesucht, hatte dich vermisst, als ich aufwachte. Drei Polizisten haben mich gefunden, als ich auf einer Parkbank saß und weinte. Sie waren sehr grob, es sei doch Ausgangssperre, warum ich nachts durch die Gegend laufe, wollten sie wissen. Ich fragte sie, ob sie dich gesehen hätten, aber sie kannten dich nicht. Sie brachten mich nach Hause und ich weinte mich in den Schlaf.

Heute morgen beim Einkaufen sahen mich die anderen Frauen seltsam an, tuschelten über mich.

»Ja, schaut mich an«, rief ich ihnen zu , »ich bin braun, meine Haut ist verbrannt von der Sonne, draußen war ich, in den Weinbergen meiner Familie.«

Irgendetwas in der Art rief ich, ich war so sauer über das Getuschel, immer geht es um meine Hautfarbe. In dem Städtchen hier geht die Zeit einfach nicht weiter, alles ist wie es immer war. Schrecklich.

Ich wüsste gerne wo du grade bist mit deinen Schafherden, ich käme sofort dorthin, in deine tröstenden Arme geflüchtet. Du fehlst mir hier.

Möge mein Brief dich erreichen,

deine Taube.

# Brief 2

Meine liebe Taube, Schönste der Schönen,

dein Brief hat mich erreicht hier draußen bei
meinem Onkel,wo ich mit meinen Herden weide.

Ich denke an dich und träume von dir und vermisse
unsere Küsse ebenso. Manchmal muss ich lachen
wenn ich daran denke, wie verzaubert mich deine
ganzen Kettchen haben. Die Fußkettchen,
Armkettchen, Halsringe und auch dieses seltsame
Kettchen, das du irgendwie von deiner Nase zum Ohr
bekommst. Nasen-Ohr-Kettchen? Ich küsse sie alle in
Gedanken.

Nachts schaue ich in die Sterne und finde in ihnen
deine Augen, deine wunderschönen, taubenblauen
Augen.

Deine ganze, wunderbare Gestalt ist mir stets vor
Augen, deine gewellten, schwarzen Haare, die dein
liebes Gesicht umrahmen, mit diesem Wunder darin,
was du Mund nennst, dein wunderbarer Hals, wie du
atmest, wenn ich diese eine Stelle dort berühre...
meine Gedanken gehen weiter ... du weißt ich liebe
alles an dir. Mit einem einzigen Blick hast du dir mein
Herz geschnappt und bei dir ist es jetzt für immer.
Seitenweise könnte ich schreiben über dich, die
albernsten Dinge, von der Weichheit deiner Haut und
dem Duft deines Haares. aber ich will dich nicht
langweilen.

Du bist meine absolute Traumfrau und nicht nur wegen des Äußeren, mein Herz.

Ich habe gute Nachrichten für dich: am Stadtfest bin ich in der Stadt und werde dich besuchen. Nichts wird mich hindern, und müsste ich über Berge springen oder über Hügel hüpfen, haha.

Bald schon werde ich da sein, du wirst sehr überrascht sein, denn ich muss dir dann persönlich etwas sagen, was ich bisher verschwiegen hatte.

Ich träume mich in deine Arme,

dein Herzenshirte.

# Brief 3

Du, den meine Seele liebt,

Ich habe deinen Brief wohl an die hundert mal
gelesen und musste selbst lachen, wegen der
Kettchen. Ich küsse dich und umarme dich. Wärst du
nur schon hier.

Wie lieb du über mich schreibst, so viele
Komplimente und ich weiß, sie kommen dir aus dem
Herzen. Keine Angst, du langweilst mich nicht damit.
Außer uns beiden muss das ja keiner verstehen, diese
Dinge sind unsere privaten Dinge, zwischen dir und
mir, sie gehen niemand sonst etwas an.

Mein nächtlicher Ausflug hat leider Konsequenzen.
Du weißt ja, dass ich bei meiner Stiefmutter lebe seit
mein Vater tot ist. Sie hat die Weinberge verkauft und
fast alles andere auch schon, aber denke nicht , dass
ich von dem Geld etwas sehen werde. Sie selbst und
ihre beiden eigenen Töchter verprassen alles. Als
Strafe haben sie mich jetzt dazu verdonnert, dass ich
den Haushalt alleine schmeißen muss und nicht mehr
ausgehen darf. Zum Einkaufen darf ich kurz vor die
Tür, das war es dann. Ich werde also nicht zu dem
Stadtfest kommen können, sie haben es mir verboten.
Aber ich werde versuchen, mich hinauszuschleichen,
ich will dich auf jeden Fall treffen. Ohne dich halte ich
das alles nicht mehr aus, ich wünschte, du wärst
schon hier.

Ich träume auch von dir, mein wunderschöner Hirte, sehe dein Gesicht vor mir, nachts, zwischen wach und Traum. Du schaust mich liebevoll an, lächelst mir zu, ich schaue in deine hellen Augen, die mich anstrahlen, streife über deinen weichen Bart an den Wangen, küsse dich schließlich auf deine unwiderstehlichen Lippen. Du trägst deinen rot-weissen Lieblingspulli und ich lege meinen Kopf auf dein Herz, du neigst deinen Kopf und deine schwarzen Locken streifen mich.

Einmal wird es so sein, ich glaube daran. Ich hoffe, ich kann mich raus schleichen am Stadtfest, auch weil ich unbedingt wissen will, was du mir sagen willst, ich bin ratlos.

Wünsch mir Glück... wünsch uns Glück.

Deine Taube.

# Brief 4

Meine liebe Taube, Schönste der Schönen,

Mein Herz schlägt kaum noch, wie konnten wir uns nur verpassen?

Ich war da am Stadtfest, leider erst relativ spät, es war fast schon vorbei, ich musste aber bald schon wieder aufbrechen, denn es gab einen Notfall bei den Herden. Als ich dich auf dem Fest nicht fand war ich bei dir am Fenster und hab kleine Steinchen geworfen, aber du hast nicht geöffnet. Ich war sehr traurig. Ein Bote kam und suchte mich wegen des Notfalls und ich ging gleich mit ihm mit wieder aus der Stadt heraus.

Wir haben aber eine weitere Möglichkeit: in drei Wochen ist ein Ball in der Stadthalle, vom König organisiert. Der Prinz soll sich eine Frau aussuchen dort auf dem Ball – eine ziemlich schräge Idee, wenn du mich fragst, was ist denn mit der Liebe ~~habe ich~~ hat der Prinz sicher gefragt. Frag nicht, wie ich daran gekommen bin, aber im Brief liegt eine Einladung für dich dabei, komm bitte unbedingt dorthin, meine Liebe. Es wird eine ziemlich große Sache werden, geladen sind hohe Damen, mit Töchtern, es sind bestimmt so um die sechzig bis achtzig, vielleicht sogar mehr. Aber nur dir wird mein Herz gehören..

Meine liebe Taube, du bist in meinem Herzen für immer. Hier in der Nähe gibt es eine Wiese, auf der hunderte wunderschöner Lilien wachsen, in allen möglichen Farben. Ich lege dir ein Foto dazu, sie sind so wunderschön, sieh nur. Wer sagte nochmal »Nicht mal Salomo war so prächtig gekleidet wie die Lilien auf dem Feld.« ? Recht hatte er.

Sei umarmt, sei geküsst, ich küsse deine Augen, ich küsse deinen Mund. Bitte komm zu dem Ball, du schaffst das, ich werde dort auf dich warten, dort werden wir uns gehören.

Für immer der Deine, dein Herzenshirte.

# Brief 5

Du, den meine Seele liebt,

Wenn du nur wüsstest, wie verzweifelt ich war, dass
ich dich nicht mehr gefunden habe vor dem Fenster.
Ich war schon im Bett, fast am schlafen, von Tränen
und Trauer erschöpft, denn ich hatte es nicht
geschafft, auf das Stadtfest zu gehen, sie haben mich
eingesperrt. Im Halbschlaf hörte ich die Steinchen an
meinem Fenster, aber es dauerte bis ich realisiert
hatte, dass diese Geräusch echt war, dann fand ich
meine Pantoffeln nicht und der Morgenmantel war
auch nicht da, mir war aber kalt, ach ich konnte vor
Traurigkeit gar nicht klar denken, dann hätte ich
mich beeilt. So dumm! Bis ich das Fenster aufhatte
dauerte es auch wieder, denn meine Hände waren
schwitzig und rutschen ab vom Griff. Alles war
verschworen gegen mich, wie verhext. Es tut mir so
leid mein Lieber.

Vielen Dank für die Karte zum Ball. Was das angeht
habe ich gute Nachrichten, denn das Blatt scheint
sich zu wenden und uns wird endlich ein wenig Glück
zuteil. Vielleicht hast du schon bemerkt, dass auf dem
Brief eine andere Absenderadresse von mir steht. Das
kam so: Eine entfernte Tante, eine Cousine meines
Vaters, kam zu Besuch in die Stadt und mietete sich
dort ein Haus. Sie ist schon sehr betagt und fragte
meine Stiefmutter, ob sie mich nicht sozusagen
ausleihen könne, damit ich ihr helfe im Haus. Sie
versprach meiner Stiefmutter sogar einen kleinen
Geldbetrag dafür. An diesem Punkt angelangt war

meine liebe Stiefmutter natürlich einverstanden
gewesen. Ich packte also meine Habseligkeiten, die
mir diese Ausbeuter noch gelassen hatten, und zog in
das Haus der Tante. Es stellte sich heraus, dass sie
meine Hilfe nur zur Gesellschaft brauchte, ich lese ihr
vor, wir spielen zusammen Karten oder vertiefen uns
in ein Gespräch über Gott und die Welt. Sie ist eine
warmherzige, gebildete Frau. Für die Hausarbeiten
hat sie ihre Angestellten, ich brauche sonst nichts zu
tun. Sie ist wirklich wie eine gute Fee zu mir,
unglaublich. Ich habe ihr von dir erzählt und sie freut
sich für uns. »Wahre Liebe sei das kostbarste, was es
in der Welt zu finden gibt.«, meinte sie, »wie eine
wertvolle Perle, für die man sonst alles aufgibt«. Dass
du ein einfacher Hirte bist machst ihr nichts aus, sie
lächelte nur irgendwie wissend, als sie deinen letzten
Brief sah, seltsam. Wie auch immer: Für den Ball hat
sie mir ein wunderschönes hellblaues Kleid
maßschneidern lassen, dazu Schuhe aus..., nein, lass
dich überraschen, die musst du sehen, sonst glaubst
du es nicht.

Mein Lieber, mein Leben, mein Alles. Die Himmel
lächeln uns endlich zu und ich werde bald wieder in
deinen Armen sein, am Fest des Königs. Ich werde
dich festhalten, werde dir tausend mal Ich liebe Dich
flüstern und mich mit dir in die verschwiegene Nacht
fallen lassen. Ich freue mich auf dich, bis in ein paar
Tagen schon, zum Ball.

Deine Taube.

# Brief 6

Liebe Tante,

Sei gegrüßt von uns beiden, der Taube, die dir schreibt und dem Hirten.

Wie wunderschön dieser Ball doch war, ich bin in der ganzen Aufregung gar nicht dazu gekommen, dir alles im Detail zu erzählen. Ich kam etwas verspätet dort an, der Kutscher hatte sich tatsächlich auf dieser kurzen Strecke verfahren, irgendwelche Kinder hatten sich auch noch auf die Straße geklebt mit den Händen. Es ging glaube ich um eine wirklich wichtige Sache, auf was sie hinweisen wollten, aber wer will von der Sache schon noch etwas wissen, wenn man ihn verärgert? Es erscheint mir nicht sinnvoll, aber ich weiß ja auch nicht alles. Endlich kam ich jedenfalls an. Alle anderen Damen waren schon vorgestellt worden, man begann schon zu tanzen. Ich schritt die Treppe zum Tanzsaal runter mit meinem wunderschönen, hellblauen Kleid und den gläsernen Schuhen. Danke dafür nochmal, liebe Tante, meine gute Fee! Sie bewunderten meinen eleganten Gang in diesen Schuhen aus regenbogenbuntem Glas, ich sah es an ihren Blicken.

Das war ein Auftritt! Alle hörten auf zu tanzen und starrten mich an. Und dann kam dieser Prinz auf mich zu, dabei suchte ich doch schon die Menge ab, um meinen Hirten zu finden, sah ihn aber nicht. Ach liebe Tante, ich höre dich lachen, wenn du das liest. Du hast es irgendwie gewusst, keine Ahnung wie.

Natürlich war der Prinz niemand anders als mein Hirte!

Wir tanzten durch die Nacht, wie im siebten Himmel, niemand konnte uns mehr trennen, der Prinz stellte mich als seine zukünftige Frau vor, der König gab seinen Segen.

Liebe Tante, sei versichert, du hast einen Ehrenplatz auf unserer Hochzeit.

Mit besten Wünschen von den glücklichsten Menschen der Welt,

dem Herzenshirten und der Taube.

# Allein

Er war allein.

Es gab nur ihn, alles was er wahrnahm war er selbst. Unsichtbar, ohne Körper, nicht mal der kleinste Nebel, nicht das kleinste Leuchten. Nach einer unendlichen Zeit wurde ihm bewusst, dass es ihn gab. »Ich bin!« sagte er und plötzlich war es, als gäbe es ihn nochmal, als hätte er sein eigenes Ich erschaffen, dass zu ihm, dem ewig Unsichtbaren, Unbegreiflichen, wie sein eigenes Kind war. Und doch war er es selbst auch.

Es gab eine Explosion an Licht, er schuf seine Wohnung, sein Haus. Schuf von Welten mit ihren Wesen aus reiner Energie über feinstoffliche Welten schließlich auch Materie. Alles war ein großes »Ich bin!«, alles war aus ihm, war er selbst, denn es war beseelt von seinem Geist. Er sah sich alles an, sein Erschaffen, seine Welten in ihren Zuständen und Farben, in ihren Möglichkeiten. Alles war gut und wunderbar. Und dann wurde ihm klar:

Er war allein.

Nur in größer, sichtbarer, greifbarer. Er wollte ein »Du«, jemand, der ihm entsprach. Jemand, den er lieben konnte und der ihn lieben würde. Liebe war der Grund, das Mittel und das Ziel.

So schuf er ein Wesen, dass ihm entsprach, mit dem er kommunizieren konnte, sich austauschen konnte. Er war der Schöpfer, das Wesen sein Geschöpf und es lebte in einer von ihm geordneten und für das Wesen optimal angelegten, materiellen Welt. Ein bisschen war es eine experimentelle Umgebung: sie war sicher und hatte alles was man brauchte. Es war ein Mann, den er schuf.

Der Schöpfer beschloss, ihm Aufgaben zu geben um zu schauen, wie er sie erfüllen würde. Außerdem wuchs man ja mit seinen Aufgaben und der Weg des Geschöpfes zum Ziel eines nur annähernd entfernten »Du« zu ihm selbst war noch Lichtjahre entfernt. Das Geschöpf sollte Namen finden, für andere erschaffene Wesen, Tiere, die mit ihm in der sicheren Umgebung lebten, die einem Garten glich. Das bewältigte er mit Bravour, er freute sich an diesen Wesen, spielte mit ihnen, freundete sich mit einigen an, passte auf sie auf und kümmerte sich, wenn es notwendig war.

Trotzdem war eine kleine Traurigkeit in seinem Geschöpf, bemerkte der Schöpfer und dann wurde es ihm klar:

Er war allein.

Es hatte damit zu tun, dass er sein Geschöpf als Mann erschaffen hatte. Es war ihm bewusst, dass es noch eine andere Seite gab, sie war ja auch in ihm, denn er war perfekt und Alles. So schuf er die Frau und stellte sie dem Mann vor. Die beiden verstanden sich auf Anhieb und strichen von da an gemeinsam durch den Garten. Alles war unschuldige Freude und Spiel und Gemeinschaft mit dem Schöpfer.

Es wurde Zeit für eine neue Stufe in der Entwicklung der beiden und so gab ihnen der Schöpfer das erste Gesetz. Bis jetzt konnten sie immer alles machen, was sie wollten, doch nun gab es ein Verbot: es betraf einen Baum, von dem sie nichts essen sollten. Das Verbot von dem Baum zu essen beschäftigte sie aber nicht allzu sehr. Man muss verstehen: sie waren in einem riesigen Garten, den 4 Flüsse durchzogen mit unzähligen Obstbäumen, Gemüsefeldern, Beerensträuchern und Kräutergärten, die der Schöpfer für sie angelegt hatte. Dazu Wälder und wilde Wiesen, Steppen und Dschungelgebiete. Was machte da ein einzelner Baum aus, von dem man nicht essen durfte? Genau, nichts! Oder wirklich sehr, sehr nah dran an Nichts.

Und doch hatte das Verbot eine neue Wirklichkeit in sich, eine Möglichkeit. Die Möglichkeit zum Ungehorsam.

Es war nicht der erste Ungehorsam, den es in seiner Schöpfung gab. Es geschah damals, als er die Welten aus reiner Energie schuf und in ihnen Wesen, die sie bewohnten und ihm dienten. Macht aus seiner Macht und Kraft aus seiner Kraft waren sie und je länger es sie gab, desto mehr wurden sie immer mehr sie selbst, wurden konkreter, bekamen eigene Persönlichkeiten, waren schließlich eigene Wesen, in starker Verbundenheit zum Schöpfer. Einer von ihnen erlag seinem eigenen Sein, trennte das Band zum Schöpfer.

Es war aber kein ebenbürtiges »Du«, dass der Schöpfer später ersehnte, sondern eher eine Unart, die einem an sich selber auffällt und von der man sich trennen muss, weil sie einen stört und einen behindert in dem, wie man wirklich ist. Diese personalisierte Unart war nicht von Anfang an im Schöpfer, war kein eigentliches Teil seines perfekten Selbst, sondern war ein Nebenprodukt durch die Entwicklung der Dinge, wie eben Abfall entsteht, wenn man etwas macht. Man kocht und wirft einen Teil weg vom Gemüse, den man nicht essen kann, man malt mit Wasserfarben und hat am Ende ein möglicherweise wunderschönes Bild, aber eben auch dreckiges Wasser, das man nur noch weg kippen kann.

So entstand ein Wesen der Unart, des Abfalls. Es wusste, dass es nur eine bestimmte Zeit hatte, bis es endgültig weggeworfen werden würde. Und auch diesem Wesen wurde klar:

Er war allein.

Als Wesen aus Energie waren die Schöpfungen der Materie nur Verkleidungen für ihn, er zog sie an wie man einen Pulli anzieht, wurde äußerlich eines dieser Wesen, die er durch sein eigenes Sein vollkommen beherrschte. Jedes Sein hat aber auch einen Schutzmechanismus, auf sich selbst aufzupassen. Ein höheres Sein braucht eine Art Erlaubnis, eine Einladung, sich zu dem materiellen Wesen zu gesellen, sich zu vereinigen mit ihm. Es setzt eine Art Übereinstimmung im Inneren voraus.

Diese Übereinstimmung fand er in dem Geschöpf, dass der Mann »Schlange« genannt hatte. Sein Blut war kalt, es zischte böse, sein Blick versprach den Tod, den es noch nicht gab in diesem perfekten Garten.

So kam das Wesen der Unart im Sein der Schlange zu der Frau und begann ein Gespräch. Ein Gespräch, mit Lügen durchzogen, ein Gespräch der List und der Kriegstaktik, ein Gespräch über andere Wirklichkeiten. Es war Propaganda und Täuschung, Verführung und Lust, Überredung und Beruhigung. Und es hatte nur ein Ziel: andere ebenso zum Abfallen zu verführen, auch Wesen der Unart zu werden, auf seiner Seite zu sein. Vielleicht als Geiseln, um seine eigene Existenz zu retten, vielleicht als Rache oder um dem Schöpfer womöglich Leid zu bereiten, wenn er seine Geschöpfe auch wegwerfen müsste, weil sie ebenso verdorben waren.

Und er schaffte es. Die Frau aß von dem verbotenen Baum, gab dem Mann auch davon, noch ganz unter dem Einfluss des zweifachen Schlangenwesens. Der Ungehorsam war da, eine Trennung vom Schöpfer, ein Nicht-Übereinstimmen mit ihm.

Sie mussten den Garten, die geschützte Umgebung verlassen, mussten sich selbst versorgen lernen, erfuhren Dinge wie Hunger und Kälte, Schutzlosigkeit und Verlorenheit in den Weiten der materiellen Welt, schließlich auch Schmerz, Krankheit und Tod. Und doch fanden sie auch eigene Stärken, lernten Probleme zu lösen, fanden Gemeinschaft mit ihrer Art und herrschten ihrer Natur gemäß über die Materie, sie lernten und entwickelten sich.

Musste es nicht so kommen? Außer dem Schöpfer kann das niemand beantworten.

Der Schöpfer war im Garten, in seiner geschaffenen Welt des Schutzes, der Schönheit und der Vollkommenheit. Er verbannte die Schlange und schützte den Garten durch ihm ergebene Wesen aus Energie. Dann sah er sich im Garten um und es wurde ihm klar:

Er war allein.

Aber er lächelte. Denn er ließ den Mann und die Frau und alle ihre Nachkommen nicht allein in der materiellen Welt, sondern passte auf sie auf, lehrte sie, erschuf ihnen einen Weg zu ihm. Er hatte einen Plan, einen eher langfristigen Plan, über tausende von Jahren. In der Unendlichkeit seines eigenen, unbegreiflichen Seins war ein einziges Gefühl, dass ihn antrieb, dass ihn alles tun ließ, was nötig war, und er wusste:

Er war Liebe.

# Böses Spiel mit Hobi

## Kap. 1: Der glückliche Herr Hobi im Land Uz

Hobi Uzman ist nicht nur ein erfolgreicher Geschäftsmann, sondern auch ein Mann von tiefem Glauben und starken Prinzipien. Seine Tage beginnen stets mit dem Morgengebet, bevor er sich den geschäftlichen Herausforderungen des Tages zuwendet. Seine Frau Isabella unterstützt Hobi in allen seinen Unternehmungen. Gemeinsam haben sie zehn Kinder, sieben Söhne und drei Töchter, eine lebendige Mischung aus Persönlichkeiten und Talenten.

Er besitzt eine erfolgreiche Flotte von zwanzig Kreuzfahrtschiffen. Sein Hafen liegt am roten Meer auf dem weitläufigen Familienbesitz, den er von seinem Vater Sam Uzman, den jeder aber nur Uz nannte, geerbt hatte. In der Gegend wurde der Familienbesitz wegen seiner Größe allgemein Land Uz genannt. Die Sonne schien über dem Roten Meer und taucht das Land Uz in warmes, goldenes Licht, während Hobi seine Runden macht. Die Geräusche der Wellen und die frische Meeresbrise begleiten seine Überlegungen. Hobis Hauptgeschäft war die Seefahrt, aber er hatte auch einen Teil seines Vermögens in Kryptowährungen angelegt.

Zu Hobis Kinder ist noch zu sagen, dass sie zum Teil studieren, eine Tochter arbeitet als Modell, ein Sohn schon in der Firma seines Vaters. Alle verstehen sich gut, haben Kontakt, besuchen sich, feiern gerne miteinander. Hobi betet für sie, damit sie im Willen Gottes leben und Gott ihnen nicht böse ist, wenn sie über die Stränge schlagen sollten. »Die Jugend, wer weiß schon, was ihnen so einfällt.«, dachte er dann.

Hobi und seine Frau leben in der Villa auf dem großen Landbesitz, die sich ziemlich in der Mitte des Landes befindet, von parkähnlichen Gärten umgeben. Sie haben gutbezahlte, zufriedene Hausangestellte, die ihren Chefs jeden Wunsch von den Augen lesen und werden in allem verwöhnt. Isabella veranstaltet auf Geheiß ihre Mannes gerne Spendengalas, um Geld für einen guten Zweck zu sammeln. Hobi liegt die Hilfe für Menschen die sie brauchten am Herzen, Isabella freut sich über die schicken Galas und Bälle, auf denen sie glänzen konnte. So passt alles zusammen. Das Leben ist rosarot, mit meterhohem Zuckerguss für die Familie Uzman.

# Kap 2: Eine übernatürliche Versammlung

Diese Welt ist anders. Unsichtbar für uns. Stimmen erschallen, wie Rauschen großer Flügel, tosende Wasser und tiefe Donner, alles in einem und nichts davon.

»Ich bin der Ich bin. Wo kommst du her, Satan? Wie verstecktest du dich? Tritt vor mich und deine Brüder und sprich!«

»Die Erde durchzzogen...umhergezzogen... wie ein Löwe schleicht... geschaut hab ich... verborgen im Dunkel...zzzz... «

»Fiel dir der Mensch Hobi auf? Treu ist er und respektiert mich, liebt mich. Ein Mann nach meinem Geschmack.«

Ein verächtliches, böses Zischen im Raum, der kein Raum ist. Wäre Finsternis ein Geräusch, wäre es dieser Ton. »Du gibsst ihm Glück und Reichtum...wie ssollte er nicht... das isst zzu einfach... Nimm ihm alless... er wird abfallen... dir abschwören...zzzz...«

»Deine Vermutung wird grundlos sein, du wirst es sehen. Ich gebe ihn in deine Hände, nimm ihm sein Glück und seinen Besitz, aber von ihm selbst lässt du die Finger weg! Es sei so!«

Donnergrollen. Ein böses Lachen. Die Stimmen verebben. Das Spiel beginnt und niemand in der Welt der Menschen weiß davon.

## Kap 3: Hiobsbotschaften

Es ist ein wunderschöner Frühlingstag, Hobi steht an seinem Privathafen, an dem grade seine ganze Flotte eine Sternenausfahrt machen will, um die neue Kreuzfahrtsaison zu starten.

Grade wundert er sich, warum seine Kinder noch nicht bei ihm sind, sie wollten aus dem Ausland mit dem Flugzeug anreisen. Seine Modelltochter hatte eine Party gegeben, auf der alle waren. Plötzlich kommt sein Privatsekretär zu ihm gelaufen. Die Kryptokurse sind durch eine großflächige Hackerattacke komplett abgestürzt. Seine Anlage ist wertlos.

Hobi schluckt, schaut aufs Meer raus und sieht wie eine gewaltige Welle seine gesamte Flotte an Schiffen geradezu verschluckt. Die Welle schlägt bis in den Hafen. Ungläubig schaut er hin, so ein Phänomen ist unbekannt, es gab keine Wetterwarnung zuvor. Grade wollte er etwas sagen, als sein Handy klingelte. Ein höherer Angestellter seiner Firma ist dran und informiert ihn, dass das Flugzeug mit all seinen Kindern an Bord durch Turbulenzen und einen gewaltigen Gewittersturm abgestürzt ist. Sie seien alle tot.

Hobi lässt das Handy fallen, lässt sich fallen, schlägt die Hände vors Gesicht, nimmt sie runter, lässt einen Schrei los.

Plötzlich hört er Feuerwehrsirenen. Schon kommt sein Butler angelaufen, es hätte im Anwesen einen

Brand gegeben, seine Villa stünde in Flammen,  seine
Frau und die Angestellten hätten sich noch retten
können, sonst sei alles verbrannt.Das Feuer sei sehr
heiss gewesen und wurde durch einen Wind
angefacht. Niemand konnte erklären, wieso alles so
schnell in Flammen aufging. Später wird die Köchin
erzählen, sie hätte eine schreckliche Fratze im Feuer
gesehen, die zu lachen schien.

Hobi hat grade alles verloren. So eine Geschichte
kann keiner glauben, aber so war es gewesen.

Doch noch auf den Knien, am Zittern und
Schluchzen, sagt Hobi »Der Herr hat`s gegeben, der
Herr hat`s genommen, der Name des Herrn sei
gepriesen!«

## Kap 4: Setz das Spiel auf Level 2

Erneut hören wir dem Unsichtbaren zu.

Stimmen und Rauschen, Zischen und Donner.

»Ich habe es dir gesagt Satan, Hobi bleibt treu und ehrt mich. Umsonst gab ich ihn durch deinen unheiligen Rat in deine Hände. Du hast verloren!«

»Nur Dinge, Ssachen, andere Menschen... nicht er sselbst... lass mich ihn sselbst anrühren... sseinen Körper... krank soll er werden... Schaden ssoll er nehmen... ja, leiden ssoll er«, ein begieriges, kurzes Auflachen, »dann fällt er... fällt ab... schwört ab...zzzz«

»So sei es. Nur lass ihm sein Leben! Du wirst auch diesmal unrecht haben, alte Schlange!«

Donner und Zischen, Rauschen und Stimmen werden leiser.

Das Spiel wird härter. Und wieder weiß die Welt der Menschen nichts von alldem.

## Kap 5: Wen juckt`s? (Hobi bekommt einen Ausschlag)

Hobi hat alles verloren, der Rest seines Guthabens ging für Schadenersatzforderungen der Familienangehörigen der Schiffsleute drauf. Er hatte natürlich alles versichert, aber die Versicherungen beriefen sich auf irgendwelche Unterklauseln b-v des Anhangs siebzehn aus vorigem Jahr... jedenfalls bekommt er nichts. Er lebt jetzt mit seiner Frau in einer kleinen 2 Zimmerwohnung.

Zu allem Überfluss bekommt er auch noch einen Ausschlag, es sind regelrechte Geschwüre von den Füssen hoch über die Beine, am ganzen Körper den Rücken hoch bis zum Kopf. Der penetrante Juckreiz ist nicht zum aushalten, wenn Hobi kratzt platzen die Geschwüre auf, verteilen eine bakterielle Flüssigkeit, die sofort in die Haut eindringt und dort neue Geschwüre anbahnt.

Und doch bleibt er treu und lästert Gott nicht.

## Kap 6: Gehen und Kommen

Isabella Uzman ist wie ihr Mann in tiefer Trauer um ihre Kinder, zudem vermisst sie ihren Wohlstand, ihre Angestellten, ihre Bälle. Sie muss nun selber Einkäufe erledigen, den Haushalt machen, Dinge die ihr unbekannt sind bis dato. Selbst die möglicherweise tröstende Nähe ihres Manns bleibt ihr verwehrt, denn sie ekelt sich vor seinen Geschwüren.

Sie gerät immer mehr in eine Spirale aus Trauer und Wut. »Und immer noch betet er zu seinem Gott!«, denkt sie verbittert.

Schließlich bricht es aus ihr raus: »Du und dein Gott! Wohin hat er dich gebracht? Höre doch auf mit deiner sinnlosen Beterei. Ach, gib es auf mit deinem Gott und stirb einfach!«

Hobi schaut sie entsetzt an, dann entgegnet er ihr: »Du redest wie eine unvernünftige Frau, Isabella. Du weißt sehr wohl, wie gut wir es in den letzten Jahren hatten, es hat uns an nichts gefehlt.

Ja ich glaube an Gott und ich glaube wir sollten nicht nur das Gute sondern auch das Böse von ihm annehmen. Wer sind wir schon, dass wir uns einbilden seine Wege zu kennen?«

Doch seine Frau schüttelt nur den Kopf und packt ihre Koffer um ihn zu verlassen.

In der Küche steht der Sohn eines Nachbarn, sein Name ist Elihus Aram, er ist noch jung, noch keine zwanzig.

Das schwere Schicksal von Hobi und seiner Frau hat ihn sehr berührt, er möchte den beiden helfen so gut er kann.

Isabella blafft den hilfsbereiten Jungen an: »Kümmer du dich doch um ihn, wenn du magst, mich hält hier nichts mehr.« Elihus schaut sie nur hilflos mit offenem Mund an., doch sie öffnet schon die Wohnungstür um zu gehen.

Vor der Tür stehen 3 Freunde Hobis, die zu Besuch kommen wollen, um Hobi beizustehen.

Isabella rauscht an ihnen vorbei und verschwindet.

## Kap 7: Gute Freunde in der Not

Zu Besuch kommen drei Freunde von Hobi: Eliphas Temanit, Bildad Schuch und Zophar Naam. Wortlos nicken sie ihm der Reihe nach zu und setzen sich zu ihm ins Wohnzimmer, verteilen sich auf das Sofa und die Sessel.

Die Runde schweigt, die Trauer ist still. Man sitzt im Wohnzimmer, ab und zu geht jemand zum Fenster öffnet es kurz. Der junge Elihus versorgt den Kreis der vier Freunde mit Getränken, vorwiegend Wasser und Kaffee. Es wird Essen bestellt, Pizza und Nudeln, mal was asiatisches, mal was ganz anderes. Die Freunde drängen Hobi auch etwas zu sich zu nehmen, doch diesem sagt scheinbar nichts zu und er nimmt nur kleine Bissen zu sich, wenn er überhaupt etwas isst. Unregelmäßig wird geschlafen oder geschlummert, einer der Freunde ist aber zumindest immer wach wenn Hobi auch wach ist.

Eine ganze, stille Woche vergeht so.

Dieser schweigende Beistand tröstet Hobi, zumindest ein wenig.

## Kap 8: Dämmerung

Eine ganze Woche war also vergangen, ohne ein wirkliches Gespräch. Der siebte Tag neigt sich dem Ende zu und in der Dämmerung findet Hobi seine Stimme zurück, voller Schmerz und Zerrissenheit.

Die Szenerie wirkt surreal, im Halbschatten. Hobi steht vom Sofa auf und geht im Zimmer auf und ab, den Kopf gebeugt, manchmal beugt es ihn noch weiter runter, ein gekrümmtes Wesen, dunkel und scharfkantig gegen die bläuliche Dämmerung, steht bewegungslos da. Dann reckt er sich plötzlich auf, wirft die Arme zum Himmel, verflucht den Tag seiner Geburt. Warum wurde er geboren, wieso überlebte er nur, besser, er wäre gleich gestorben, besser, er wäre sofort vergangen. Lieber wollte er nie gewesen sein, als diesen Schmerz zu haben. Undeutlich werden die Worte, dämmern im dunklen Abendblau, Wortfetzen des Schreckens fallen in die Düsternis.

»Halt mich zurück in dir... zerfließen ohne Licht... kein Atem...zerreiße, Herz...Warum nur Gott, warum?« Plötzlich ein klarer, messerscharfer Satz, herausgeschrien:

»Das Schreckliche, das ich befürchtet habe, ist über mich hereingebrochen!«

Die Nacht ist endgültig schwarz und verhüllt weitere Worte Hobis. Er bricht schluchzend mitten im Raum zusammen, sein Heulen wird mit der Zeit leiser, verstummt.

Nach ein paar Minuten schaltet Elihus das Deckenlicht an und alle blinzeln mit den Augen oder reiben sie. Hobi rappelt sich schwerfällig auf und setzt sich wieder aufs Sofa, ist wieder er selbst, nicht mehr das Wesen aus purem Schmerz.

Durchatmen, Schluck Wasser trinken.

Geht wieder.

# Kap 9: Gespräche, Träume und viele »Warum?«

Eliphas Temanit sieht Hobi an, nickt mit dem Kopf und beginnt zu sprechen: »Hobi mein Freund, du weißt doch wie es heißt, es kommt zu einem zurück, was man gibt. Gutes gibt Gutes und Böses gibt Böses. Karma sagen die im fernen Osten. Dir sage ich: es ist Gott, an den du glaubst, dessen Gerechtigkeit sich so verhält. Gottes Gerechtigkeit ist die Basis von allem. In all deiner Verzweiflung denke an das, wodurch das alles über dich kam. Überlege mal genau was es war."

Er schwieg kurz, schien etwas zu überlegen, dann fuhr er fort: „Lass mich dir einen Traum erzählen. Wenn es ein Traum war, ich bin mir bis heute nicht ganz sicher, es wirkte so echt. Am späten Abend vor dem Schlafen gehen betete ich wie immer und überlegte, ob es einen Menschen geben kann, der vor Gott gerecht wäre.

Plötzlich wurde mir ganz kalt, Schauer liefen mir über den Rücken und ein paar Schritte vor mir sah ich eine leuchtende, durchsichtige Gestalt. Es war ein Geist und er ging mich hart an: »Kann ein Sterblicher gerecht sein vor Gott? Er traut seinen Dienern und Engeln nicht, wie viel weniger ist doch der Mensch: aus Staub erschaffen, sie sterben wie die Motten zwischen jetzt und gleich, kaum dass man einmal mit den Augen blinzelt in der Ewigkeit. Lächerlich! Vergehen, vergehen...« Dann war er wieder weg.«

Jeder schweigt und starrt Eliphas an. Dieser
streicht sich mit beiden Händen kurz über den Kopf,
scheinbar um die unheimliche Erinnerung zu verjagen
und redet weiter im Stil des bereits gesagten auf Hobi
ein. Dass dieser doch eine Schuld auf sich geladen
haben mag und er bereuen möge.

Hobi atmet schwer und beginnt zu reden: »Du tust
mir unrecht. Die Pfeile Gottes stecken in mir, sie
vergiften meinen Geist, seine Schrecken zerren mit
kalten Fingern an mir. Gott soll mich töten, meine
Kraft ist nicht endlos, ich bin doch kein Superheld,
den nichts zerstört.«, er schluchzte kurz auf. Dann
fuhr er fort: »Warum strafst du mich Herr, ich bin
schuldlos, habe mich ferngehalten vom Bösen, ging
meine Wege brav und hielt mich an deine Gebote.
Hältst du mich für einen Feind? Herr wo bist du?
Rede mit mir.« die letzten Worte verlieren sich in
einem erneuten Tränenschwall und Ächzen, ein leises
Jammern, ein zartes, weh volles Flüstern, ein
schmerzhaftes Hauchen, schließlich wieder Stille.
Eine Stille, die aus Hobi schreit.

Bildad Schuch beginnt ebenfalls zu reden: »Gott ist
nicht ungerecht, kehre um Hobi, du liegst falsch. Aber
du bist ganz Kind dieser Zeit: Jeder meint, alles tun
zu dürfen, wonach ihm der Sinn ist, der eigene Vorteil
und das eigene Wohlbefinden geht über alles. Ich
mach mir die Welt, wie sie mir gefällt - als
Lebensmotto. Grenzen und Nein! gelten nur für
andere.« Bildad schliesst die Augen, schüttelt mit dem
Kopf und stößt dann, sehr leise beginnend, aber bei
jedem Wort immer lauter werdend hinaus: »Du kleiner

Mensch denkst in deinem Wahn wie ein Gott leben zu dürfen und du meinst du bist im Recht und Gott, der Ewige, Allwissende, der alles in seinen Ordnungen schuf ist im Unrecht? Wirklich?« Seine Stimme überschlägt sich fast. Abschließend ruft er eindringlich: »Denk nochmal drüber nach, Hobi.«

Hobi entgegnet ihm: »Nein, nein so bin ich nicht, so war das nicht. Ich hatte Wohlstand und vermisste nichts, was ein Mensch sich an Materiellem wünschen konnte, hatte ich. Aber ich hatte es im Einklang mit Gottes Geboten, ich befolgte sie. Ich lebte gerecht, aber Gott hat mir mein Recht entzogen. Ach Herr der Heerscharen, warum nur ließest du dieses Unglück über mich kommen? Rede mit mir.« Dann ist wieder kurz Ruhe. Eine kalte, eine Sterbensruhe.

Zophar Naam ergreift das Wort. »Hobi, lieber alter Freund, sieh doch wir wollen dir helfen. Bekenne doch deine Schuld, nicht vor uns, vor Gott. Bitte ihn um Verzeihung. Er wird ein offenes Wort für dich haben. Etwas muss vorgefallen sein, dass dich all das Übel trifft, dass du diesen ganzen, furchtbaren Verlust hast und an Körper und Seele ganz krank bist. Was war es Hobi, was hast du getan? Du kannst nicht sagen, du hast nichts getan, denn Gott ist gerecht in seinen Urteilen. Sage nicht, er sei ungerecht. Er weiß alles, er urteilt weise. Erforsche dein Herz, alter Freund.«

Hobi sitzt mit geschlossenen Augen da und schüttelt den Kopf bei diesen Worten. »Du denkst also auch schlecht von mir, mein alter Freund.« Die letzten Worte spuckte er förmlich aus. »Ich kann nur wiederholen, ich habe nichts getan, habe keine Schuld auf mich geladen, bin treu vor Gott, bete ihn an und wandel stets auf seinen Wegen. Er soll mir sagen, warum mich all das trifft. Höre mich, Herr der Himmel und sprich zu mir. Habe ich deine Antwort nicht verdient? Bin ich nicht im Recht?« Kaum schwieg er nach seiner letzten Frage, riefen seine drei Freunde zusammen: »Nein! Bist du nicht! Du bist schuldig.« Hobi krümmt sich auf dem Sofa zusammen. Wieder alle drei auf einmal: »Was hast du getan? Gott ist gerecht!« Dann Schweigen. Jeder sitzt auf dem Sofa oder einem Sessel. Keiner schaut den andern an.

»Ich glaube wie brauchen alle mal ein bisschen Ablenkung.«, sagt der junge Elihus in die Stille hinein und schaltet den Fernseher mit einem Knopfdruck auf die Fernbedienung ein. Es laufen Nachrichten. Nachrichten von Kriegen, in denen Menschen starben, Kinder die weinten, von grausamen Details war die Rede, über die nichts gesagt wurde, sie seien zu schrecklich. Die Fantasie rennt, gießt sich in die Hirne als rotes Blut, kommt in die Herzen und wird dort schwarzer Schmerz. Kein Mensch hält aber zu viel schwarzen Schmerz aus. Man sieht die Nachrichten, denkt sich so »Ach, wie schlimm!« und hat es dreissig Minuten später während des Krimis verdrängt. Das ist nicht böse, das ist ein Schutz. Böse ist, dass Menschen sterben aufgrund des Willens Einzelner, denen es um Macht und Geld geht oder einfach nur um Vernichtung der anderen Seite. Es folgen Nachrichten über Hungersnöte, Waldbrände und Proteste, die niedergeschlagen wurden. Das Übliche eben. Hobi springt plötzlich vom Sofa auf und ruft hinaus: »Wo ist Gott in all dem ? Wieso sterben die Unschuldigen? Warum leiden die Kinder? Wenn Gott gerecht ist, warum dann all dies? Er ist allwissend und allmächtig, er könnte doch dagegen wirken, aber er macht es nicht! Gott sei entweder nicht allwissend oder ungerecht oder es ist ihm egal könnte mancher denken. Und wenn ich mein Leben und meine Verluste betrachte...«.

Er schweigt wieder, wollte die letzte Erkenntnis aus diesen Gedankengängen nicht aussprechen. Kopfschüttelnd setzt er sich wieder hin.

»Das war wohl nicht hilfreich.«, murmelt Elihus und schaltet den Fernseher wieder aus.

## Kap 10: Elihus hat einen eigenen Blick

Noch mit der Fernbedienung in der Hand bleibt
Elihus mitten im Raum stehen und sieht Hobi an.
»Lieber Hobi«, beginnt er leise zu sprechen, »Ich bin
wie du ein Mensch aus Fleisch und Blut. Keine Angst,
ich verstehe dich. Ich habe diesen ganzen Gesprächen
still zugehört. Ihr seid ja alle älter als ich«, er blickte
Hobi und seine drei Freunde der Reihe nach an, »und
ich dachte, das Alter hätte euch Weisheit gegeben,
Weisheit eure Sicht auf Gott betreffend. Aber ich kann
nicht schweigen dazu. Manchmal braucht es einen
jungen, frischen Blick auf die Dinge, die Weisheit
wählt sich ihre Gestalt immer selbst.

Hobi, du sagst, du bist gerecht, hast nichts
Falsches getan, der Kummer trifft dich also ohne
Schuld. Hat Gott schuld? Ist er ungerecht?

Gott ist größer als der Mensch, er muss sich nicht
vor seiner Schöpfung rechtfertigen. Oh ich ahne
schon, du denkst: dann er ein Despot, ein Herrscher,
der mit Willkür regiert, ein Diktator.

Nein.

Er liebt seine Schöpfung, er will sie auf den
richtigen Weg führen. Im tiefen Schlaf, im Traum
flüstert er Warnungen in die Ohren der Menschen.
»Vollbringt nicht das Böse, um das zu erhalten, das
scheinbar so begehrenswert ist. Es seien Dinge oder
Menschen, Geld oder Macht. Was ihr auf diese Weise
begehrt bindet euch an sich, ist euer Herr, reißt euch

schließlich mit in den Abgrund, aus dem es hervorgekrochen ist, umgibt euch mit Finsternis. Erst ist das Dunkle weit außen eures Gesichtskreises, ihr bemerkt es kaum, dann kommt es näher, verschlingt alles, was euch lieb ist, verschlingt euch selbst. Was das Böse euch nicht wissen lässt: ihr könnt umkehren zu mir, solange ihr lebt, was immer ihr auch getan habt, wenn nur eure Reue echt ist und ihr mich aufrichtig liebt und ihr mir folgen wollt. Wende dich ab vom Bösen, Mensch, finde den Weg zu Gott.« So flüstert er in die Herzen. Einmal, zweimal, oder siebenmal? Wer weiß schon, wie viel Chancen Gott einem gibt. Dann muss der Mensch entscheiden und so wird es mit ihm gehen.

Sieh es ein Hobi, Gott ist mächtig, aber er verachtet niemand, er hat ein großes, liebendes Herz für alle Menschen. Glaube nicht, die Wissenschaft dieser Zeit kann alles erklären oder hat mit allen Theorien recht, die sie so von sich gibt. Gott ist Schöpfer und wir können seine Geheimnisse nicht bis ins Kleinste verstehen. Das ist Demut, dass wir vor Gott stehen und vor seiner Größe erschaudern, vor seiner Schönheit niederknien, vor seiner Weisheit erzittern. Und es ist mehr als Glaube, denn wir dürfen wissen, dass er uns liebt, schon vor Beginn der Schöpfung. Als er uns das erste mal erdachte, lächelte er und liebte uns. Er wusste schon alles, was geschehen würde, welches Preisschild an der Menschheit dran war: das Blut seines Sohnes. Und er lächelte und liebte weiter. Sage mir, dass das nicht gewaltig ist! Die Antwort auf Liebe kann nur Liebe sein, so sollen wir ihn lieben.«

Elihus schweigt, scheinbar ganz außer Atem. Wie ein Sturm waren seine Worte aus ihm herausgebrochen. Und als hätten seine Worte es herangezogen, stürmt es auch draußen, es donnert und blitzt. Regen schlägt heftig an die Fenster der kleinen Wohnung und drückt sie schließlich auf.

Es braust in die Wohnung, es braust in den Haaren, es braust in den Seelen.

Elihus wird es zu viel. Er verlässt schnellen Schrittes die Wohnung.

Es donnert und jeder im Umkreis von ungefähr fünfundzwanzig Kilometern, soweit der Donner hörbar ist, hört es – außer den vier Übriggebliebenen in der kleinen Wohnung. Sie vernehmen Gottes Stimme.

## Kap. 11 Donnerwetter

»HÖRE MIR ZU!«, erschallt es, wobei jede Silbe wie ein Donnerschlag klingt, mit dem kräftigsten beginnend leicht leiser werdend von Wort zu Wort, aber insgesamt sehr gewaltig.

Grummelnd geht es weiter: »Sage mir, wo warst du, als ich die Grundfesten der Erde legte? Wo warst du, als ich dem Meer seine Grenzen aufzeigte? Und wo, als ich die Symphonie des Gewitters komponierte und eine unendliche Anzahl von Schneeflockenmustern erstellte? Warst du dabei, als ich den Sternen ihre Plätze, Ordnungen und Bilder zuwies? Kennst du die Gesetze des Himmels, oder bestimmst du seine Herrschaft über die Erde?

HÖRE MIR ZU!«, ein erneuter Donnerschlag, »auch die Geheimnisse der Tierwelt wirst du mir sicher sagen können, so viele sind es, vom Formationsflug der Stare bis zum Schnurren der Katzen. Antworte Hobi weißt du all das? Du willst mich zurechtweisen? Antworte!«

Hobi und seine drei Freunde waren bei jedem Wort tiefer in ihre Sessel und das Sofa gerutscht, die Hände über dem Kopf, noch weiter runter, auf den Boden, auf dem sie jetzt zusammengekauert knien, die Hände zitternd vor dem Gesicht. Kaum hörbar erwidert Hobi: »Dein Diener ist zu gering, ich sage lieber nichts mehr!«

»HÖRE MIR ZU!«, donnert es, »Du gibst mir die
Schuld an all dem Bösen, was dir widerfährt, damit
du unschuldig bist in deinen Augen? Schmücke dich
doch mit Herrlichkeit und Hoheit und bekleide dich
mit Majestät und Pracht! Bestrafe die Gottlosen, wo
sie auch sind, du kannst es doch, Hobi!

HÖRE MIR ZU! Ich erschuf den gewaltigen Behemot,
er ist groß und unbezwingbar und lebt auf dem Land.
Und ich erschuf den Leviathan, der im Wasser lebt,
gewaltig ist er, verschlingt Schiffe im Ganzen. Ziehst
du den Leviathan mit der Angel heraus? Hast du die
Kraft, gleich meiner Kraft? Rede, Mensch!«

Hobi fasst seinen ganzen Mut zusammen und
erwidert mit zur Seite ausgestreckten Armen, die
Handflächen nach oben zeigend: »Vom Hörensagen
hatte ich von dir gehört, aber nun hat mein Herz
deine Wahrheit vernommen. Ich bin schuldig
geworden, vergib mir.«

»HÖRT MIR ZU!, Freunde Hobis. Eure Aussagen
waren nicht richtig. Meine Gerechtigkeit ist nicht
begreiflich für Menschen und ich werde mich nicht
weiter dazu erklären. Mein Sein ist nicht nur
Gerechtigkeit, sondern auch Weisheit, zudem auch
Gnade und vor allem Liebe. Hobi, dir will ich alles
ersetzen, dein weiteres Leben sei gesegnet und möge
noch viele Jahre dauern.«

Kein Donnerschlag folgt mehr, es grummelt noch,
das Gewitter zieht weiter, dann nur noch Regen.
Niemand wagt etwas zu sagen.

## Kap. 12 Sonnenschein

Schliesslich hört auch der Regen auf und die Sonne scheint wieder. Schon in den nächsten Tagen läuft es wieder überraschend gut für Hobi. Sein Ausschlag verschwindet, eine unerwartete Zahlung lässt ihn wieder geschäftlich neu starten, seine Frau Isabella kommt zurück, bittet ihn um Verzeihung und hilft ihm, alles wieder aufzubauen.

Im Land Uz herrscht wieder Sonnenschein, Glück und Friede und das noch viele Jahre lang.

# Wasser zu Wein – eine Radiodiskussion

In einem Studio einer kleinen Radiostation begrüßt
der Moderator der kommenden Sendung seine Gäste,
eine Dame und ein Herr. Alle werden verkabelt, man
setzt sich, der Moderator, vor dem ein Mikrofon steht,
sitzt seinen beiden Gästen, auch mit Mikrophonen
ausgestattet gegenüber an einem Tisch. Er bekommt
von der Regie ein Zeichen und die Sendung beginnt.

**Moderator:** (er redet immer ganz sachlich und
unverbindlich freundlich) Einen schönen guten
Abend,und ein herzliches Willkommen zu unserer
wöchentlichen Diskussionsrunde »Na, wer hat heute
recht?«. Mit mir heute Abend im Studio ist Karl Ebner,
er leitet eine christliche Gemeinde und predigt dort
jeden Sonntag, hält außerdem Bibelkurse für
Einsteiger und Fortgeschrittene und hat einen recht
bekannten Kanal auf »DeinFilm«. Guten Abend Herr
Ebner.

**Hr. Ebner:** (in ruhigem Tonfall, er hat eine tiefe
Stimme und redet sehr langsam) Guten Abend. Ich
freue mich hier zu sein und wünsche uns allen eine
Diskussion mit Mehrwert. Gott segne das Gespräch.

**Moderator:** Schön, schön. Unser zweiter Gast ist
Frau Bergschau. Sie beschäftigt sich seit Jahren mit
Mythologie und Symbolismus. Bekannt wurde sie
durch ihr Buch »Märchenhafte Symbole«, indem sie
Märchen der Gebrüder Grimm symbolisch übersetzte
und darlegte, was der moderne Mensch sich daraus

ziehen kann. Habe ich das so richtig geschildert, Frau Bergschau?

**Fr. Bergschau:** (sehr fröhlich und sehr melodisch sprechend) Guten Abend. Ja, vollkommen richtig. Diese Märchen weisen uns auf viel höhere Wahrheiten und damit tiefere Weisheiten hin, haha, verstehen sie? Höher ist tiefer. Haha. (sie nuschelt etwas, immer leiser werdend und verstummt dann.)

**Moderator:** Gut, gut. Liebe Zuhörer, auch heute diskutiere ich mit meinen beiden Gästen erst die Geschichte durch, dann dürfen sie uns gerne hier im Studio anrufen und ihre Fragen stellen und abschließend gibt es wie immer eine schnelle Fragerunde. Unser Thema heute ist aus der Bibel und sicher bei vielen unter ihnen bekannt: Die Hochzeit zu Kana, auf der Jesus sein erstes Wunder vollbrachte. Kurz zum Erinnern: der Wein ging aus und Jesus verwandelte Wasser zu Wein. So kann man das in aller Kürze doch schildern, oder, Hr Ebner?

**Hr. Ebner:** Ja, es war das erste Wunder Jesu laut Johannesevangelium, nur dort wird es erwähnt. Jesus war zu dieser Hochzeit in Kana mit seinen Jüngern eingeladen, seine Mutter, Maria, war auch da. Sie sagte ihm auch »sie haben keinen Wein mehr«, weil sie ihren Sohn kannte und wusste, dass er da etwas tun konnte aus seinem Gott-Sein heraus. Wein spielt natürlich auch auf das Blut Christi an, dass er schließlich vergoss, um sozusagen den Hochzeitsbund mit der Gemeinde zu schließen.

114

**Fr. Bergschau:** Entschuldigung, dass ich sie unterbreche, aber das ist doch schon symbolisch: die Mutter, also das Leben, fordert geradezu Wein, ein geistiges Getränk, an dem es den Menschen mangelt.

(Hr. Ebner verzieht leicht das Gesicht)

**Moderator:** Spannend. Jesus Antwort darauf wirkt ein wenig, nun sagen wir, spröde. »Frau, was habe ich mit dir zu tun? Meine Stunde ist noch nicht gekommen!«

**Fr. Bergschau:** Ja, genau, das passt doch. Das Geistige frägt die Materie, was es mit ihm zu tun hat. Die Stunde da das Geistige die Materie durchdringt und sie umwandelt in etwas feinstofflicheres ist noch nicht da.

**Hr. Ebner:** Jetzt entschuldigen Sie, aber diese Leseart hat nichts mit der Bibel zu tun. Jesus war zu diesem Zeitpunkt 30 Jahre alt, da lässt man sich nichts mehr von seiner Mutter sagen, zumal er ja mit seinen Jüngern da war und sozusagen eine leitende Position innehatte. Ein Chef, der sich von seiner Mutter herumkommandieren lässt? Undenkbar, ob damals oder heute.

**Fr. Bergschau:** (etwas pikiert) Da ist kein Widerspruch, das Geistige ist doch der Chef. Geist über Materie, so heißt es doch.

**Hr Ebner:** Ach... (er winkt mit der Hand ab)

**Moderator:** Ich sehe schon, da gibt es verschiedene Standpunkte bei ihnen beiden. Jesus half aber trotzdem und befahl dann 6 steinerne Wasserkrüge, die dort standen mit Wasser zu füllen. So laut Bibel, ja, Herr Ebner?

**Hr Ebner:** Richtig. Diese Wasserkrüge sind übrigens ziemlich groß gewesen. Es steht geschrieben, »wovon jeder zwei oder drei Maß fasste.« Ein Maß sind 39 Liter. Pro Krug waren das also 78 bis 117 Liter. Bei sechs Krügen waren das somit somit 468 bis 702 l Wein gesamt.

**Moderator:** (lachend) Oh, das ist aber ziemlich viel Wein für eine Hochzeit. Das klingt nach einer sehr fröhlichen Party.

**Hr Ebner:** Um es zu relativieren: eine Hochzeit ging damals über mehrere Tage, das ganze Dorf war da, jeder, den man auch nur um drei Ecken kannte war eingeladen. Wie geschrieben »Jesus und seine Jünger« waren da. Das waren schon mal gleich 13 Leute auf einmal. So gesehen braucht es schon eine gewisse Menge an Wein.

**Moderator:** Ja, dann kommt das wohl hin. Frau...

**Fr. Bergschau:** (fuchtelt mit den Händen und fällt dem Moderator ins Wort) Steinkrüge, Wasserkrüge, ein herrlich, weibliches Motiv. Und dann noch 6 Stück, die Zahl 6 steht ja numerologisch gesehen für Schönheit, Reinheit, Gerechtigkeit, solche Dinge. 6 steht auch für die Venus, astrologisch, wo wir wieder beim weiblichen wären. Man könnte also übersetzen, im weiblichen verwandelt sich das notwendige, das Wasser, zum geistigen, zum Wein. Wein wiederum symbolisch für Blut. Sie werden mir zustimmen Hr Ebner: Im Blut ist das Leben.

**Hr. Ebner:** Die letzte Aussage stimmt, weshalb es den Juden ja auch verboten ist, Blut zu trinken oder zu essen, als Blutwurst zum Beispiel. Der Rest ist ihre Auslegung, wobei die Numerologie im weitesten Sinne mit der Bibel zu tun hat. Hebräische Buchstaben haben einen Zahlenwert, man hat gerechnet, Buchstaben vertauscht und nochmal gerechnet, so in der Art. In der Offenbarung findet man einen Hinweis darauf beim Hinweis auf die 666, »wer Verstand hat, berechne die Zahl des Tieres« und so weiter.

Ihre Anspielung auf das weibliche erschließt sich mir aber nicht. Ich könnte ja auch behaupten, Steinkrüge sind es, Stein ist hart, also eher männlich, das weibliche wird ja eher mit dem Weichen in Verbindung gebracht. Was sagen sie dazu?

Er schaut Fr. Bergschau mit erhobenen Augenbrauen an.

**Fr. Bergschau:** (wild mit dem Kopf schüttelnd): Nein, nein, das ist völlig ahnungslos interpretiert. Krüge alleine sind schon weiblich, ein Gefäß, sie können etwas aufnehmen. Sie verstehen, es schreit nach Weiblichkeit. Das ist völlig sicher.

**Moderator:** Sehr spannend, ihnen beiden zuzuhören. Es gibt also Parallelen aber auch gegensätzliche Meinungen in ihren Auslegungen. Jedenfalls geht die Geschichte weiter. Jesus sagt, man solle es dem Speisemeister bringen. Dieser kostet den Wein und versteht die Welt nicht mehr. So ein guter Wein, aber wo kommt der plötzlich her? Das ist es doch, Hr Ebner, das ist das Wunder, ja?

**Hr Ebner:** (ruhig und gelassen) So ist es. Jesus verwandelte das Wasser in den Krügen zu Wein, ohne erkennbares Zeichen, wie er das tat. Er selbst ist das Heil, das in die Welt gekommen ist. Sein Reich ist jetzt schon da und wir sehen dieses Reich in der Verwandlung schon durchscheinen. Zudem verdeutlicht es, dass Jesus, somit dass Gott, unsere Bedürfnisse wichtig sind.

**Fr. Bergschau:** (lachend) Da bekommt das »in vino veritas – im Wein liegt Wahrheit« nochmal eine ganz andere Bedeutung.

(dann wieder ernst und sehr wichtig klingend): Symbolisch möchte ich noch hinterherschicken, dass Wasser dem Mond, man denke an Ebbe und Flut, und Wein der Sonne, in der die Trauben reifen zugeordnet wird. Wasser und Feuer kommen in dieser Geschichte also zusammen, zwei Urkräfte des Seins, in ihnen verschmilzt das Menschliche mit dem Göttlichen. Und dann gibt es noch Erde und Luft die haben aber nichts damit zu tun, obwohl natürlich alles verbunden ist, ach.. (sie nuschelte den letzten Satz und verstummte dann)

**Moderator:** Danke ihnen beiden bis hierher und jetzt meine lieben Zuhörer da draußen dürfen sie den beiden Experten zum heutigen Thema gerne Fragen stellen, rufen sie an, die Telefonnummer ist dieselbe wie immer. Und da ist auch schon der erste Anrufer in der Leitung. Guten Abend.

**ältere Herrenstimme:** Guten Abend, mein Name ist Obermoser. Hr. Ebner, sie sagten Jesus verwandelte den Wein ohne ein erkennbares Zeichen. Ist es also sein reiner Wille gewesen?

**Hr Ebner:** Ja, so sieht es aus. Die Diener füllten die Krüge mit Wasser und dann schöpften sie Wein daraus und

**Fr. Bergschau:** (schwärmerisch): Pure Alchemie.

**Hr Ebner:** (etwas lauter) Ich war noch nicht ..

**Fr. Bergschau:** (erklärend) Wasser zu Feuer, wertlos zu Gold. Alchemie.

**Moderator:** (beruhigend) Frau Bergschau, Herr Ebner war mit seiner Ausführung noch nicht fertig.

**Hr Ebner:** Sie schöpften also Wein und brachten es dem Speisemeister, ohne weiteres Wort oder Zeichen von Jesus. Ja, man könnte sagen reine Willenssache, durch seine göttliche Kraft bewirkt. Es gibt kein »Wie«. Wir könnten es sowieso nicht erklären.

**Fr. Bergschau:** (schwärmerisch) Es wird erhitzt, destilliert, gewandelt...

**Hr Ebner:** Nein, es war eine Sache von einem Augenblick zum anderen, das können sie mit ihrem Hokuspokus nicht erklären!

**Fr. Bergschau:** (erbost): Hokuspokus?

**Hr Ebner:** (mit viel Zufriedenheit in seiner Stimme) Ja genau.

Fr. Bergschau holt Luft, der Moderator unterbricht sie.

**Moderator:** So, die Frage ist beantwortet, kommen wir zur nächsten. Wer ist in der Leitung? Guten Abend.

**Eine ganz leise, sehr eindringliche Frauenstimme:** Durch die Jahrhunderte hindurch hält sich das Gerücht, dass diese Hochzeit Jesu eigene Hochzeit war. Könnte das stimmen?

**Moderator:** Danke für die Frage an die Dame. Fangen wir mit Ihnen an Fr. Bergschau, ihre Meinung dazu?

**Fr. Bergschau:** Ach ist das denn wichtig? Jede Hochzeit ist doch ein Symbol für die große Verbindung von Himmel und Erde. Im Märchen ist eine Hochzeit gerne der Höhepunkt, ein glücklicher Abschluss. Die Prinzessin ist gerettet und befreit oder

wieder am Leben oder wach und heiratet den Prinzen.
Alle sind glücklich. Ende.

**Hr Ebner:** Ihre Ausführungen haben mit der Frage
nichts oder sehr wenig zu tun. In der Bibel...

**Fr Bergschau:** (Hr. Ebner nachmachend) In der
Bibel...

Hr Ebner atmet schwer und führt weiter aus: In der
Bibel steht ja eindeutig, das Jesus und seine Jünger
eingeladen waren zu dieser Hochzeit. Ich habe noch
nie gehört, dass ein Bräutigam zu seiner eigenen
Hochzeit eingeladen wird. Aber es wird eine Hochzeit
geben, zu der Jesus seine Nachfolger einlädt: im
Himmel und die Braut ist die wahre Gemeinde, jeder
der an ihn glaubt und ihn liebt. Das ist seine
Hochzeit.

**Moderator:** Danke ihnen beiden. Ich sehe, wir sind
in der Zeit schon weit fortgeschritten, danke liebe
Zuhörer für ihre Fragen. Wir kommen zur
Schnellfragerunde. Ich gebe knappe Stichworte und
bitte um ganz spontane Antworten in ein, zwei
Wörtern. Ladys first, Fr. Bergschau antwortet bitte
immer zuerst, dann unmittelbar sie, Hr. Ebner. Alles
verstanden?

**Fr Bergschau:** Ja, gut.

**Hr Ebner:** In Ordnung.

**Moderator:** Wir starten. Mutter Jesu auf der

Hochzeit.

**Fr Bergschau:** Weiblichkeit die fordert.

**Hr Ebner:** Bittende Gläubige.

**Moderator:** Schroffe Antwort Jesu.

**Fr Bergschau:** Geist verweigert sich der Materie.

**Hr Ebner:** Bitte um Respekt.

**Moderator:** Wasser zu Wein.

**Fr Bergschau:** (schnippisch)  Hokuspokus!

**Moderator:** Fr Bergschau, bitte..

Fr Bergschau gibt einen verächtlichen Ton ab.

**Hr Ebner:** (lachend) Märchen sind ihre Welt, doch das passt. Meine Antwort lautet: erstes Wunder Jesu ohne ein »Wie«.

**Fr Bergschau:** Was meinen sie damit? Haben sie sich überhaupt schon mit der Symbolik der Märchen beschäftigt? Oder lesen sie nur die Bibel, Hr Ebner?

**Hr Ebner:** Ich lese die Bibel und finde die Wahrheit darin, ganz ohne Hokuspokus, Frau Bergschau.

**Fr Bergschau:** Sie Bibelbücherwurm!

**Hr Ebner:** Sie Hokuspokus-Tante!

**Moderator:** Nur die Ruhe...

**Fr Bergschau und Hr Ebner:** Nein!

Man hört Stühle verschieben, eine Tür knallt zu. Im Hintergrund streiten sie weiter, unverständlich für die Zuhörer.

**Moderator:** So meine lieben Zuhörer, das war die Diskussion für heute. Ich bedanke mich bei meinen beiden Gästen, Frau Bergschau und Herrn Ebner. Wer heute recht hat entscheiden sie wie immer selbst. Nächste Woche gibt es eine Gesprächsrunde zu dem Thema: »Ist Gemüse das bessere Fleisch?«, mit der vehement bekennenden Veganerin Verta Kohl und dem 5 Sterne Koch Joe Englisch. Das wird sicher auch sehr spannend. Danke fürs zuhören und bis dann.

# Das Buch aus der Ewigkeit

## Entstehung des Buches

Er war der Alte ohne Zeit, denn er hatte die Zeit noch nicht erschaffen und ruhte allein in der Ewigkeit.

In der leuchtenden Ruhe unendlichen Seins erschienen zarte Schlieren einer Möglichkeit, verfestigten sich zu einer strahlenden Idee. Die Idee wurde zu einem bis ins kleinste Detail durchdachten Plans, der viele, wirklich viele perfekt aufeinander abgestimmte Schritte umfasste. So begann er, er wurde und schuf.

Zunächst ersann er sich Helfer, Mächte und Kräfte. Da es sie gab wurden sie zu Orten, Inseln des Seins in der unendlichen Ewigkeit. Es gab ein vor dem Erschaffen dieser Wesenheiten und ein Jetzt, eine zeitliche Abfolge. Diese Zeit war weit entfernt von menschlichem Verständnis, gemessen in Äonen, nicht in Jahren.

Durch eine durchsichtige Kuppel trennte er seine Welt von der, in die er erschaffen wollte. Er erschuf die Erde zu einem von ihm gewählten Zeitpunkt, in dem sie wie ein Garten aussah.Weil er es konnte, beschloss er einfach, dass alle Zeitalter, die dazu geführt hatten, dass der Garten jetzt so aussah, schon gewesen waren. Diese nie gewesenen Zeitalter lassen sich durch ihre Errungenschaften und Auswirkungen in der wirklichen Zeit finden, Berge, Kohle, Diamanten und alte Knochen des Gewesenen. Sie können einen täuschen, als sei ihr Erscheinen und das Werden der Dinge die Erklärung für das Sein und die Wirklichkeit. Aber es war sein Wille allein, der alles schuf.

Dann setzte er Tiere und Menschen in den von ihm gewählten Ort und die gewünschte Zeit und beobachtete sie. Manchmal erschien er, griff ein, gab den Menschen Gesetze, lehrte sie Weisheit und gebot ihnen zu lieben.

Dies alles passierte in einem Zeitraum von ca. sechs bis sieben Tausend, menschlicher Jahre. Damit nichts vergessen würde, ließ er alle Geschichten, Weisheiten, Ermahnungen, Gedichte, Biographien, Briefe und Prophezeiungen über die ganzen Jahre immer wieder von verschiedenen Menschen aufschreiben, er inspirierte sie. Über mehrere Jahrtausende umspannend passten die Texte zueinander, ergänzten sich gegenseitig, erfüllten ihre Prophezeiungen durch gelebtes Leben.

Schließlich war alles geschrieben, was er schreiben wollte in diesem Buch und niemand durfte etwas wegnehmen oder hinzufügen.

# Das Buch in der geschaffenen Welt

Die einen glaubten an das Buch und seine Geschichten, die anderen nicht. Man kann nicht sagen, dass es denen die glaubten immer besser ging und dass ihnen alles gelang in der Welt, was sie sich vornahmen und man kann nicht sagen, dass es denen die nicht glaubten immer schlechter ging. Es gab arme Gläubige und reiche Nichtgläubige. Die ganze Wahrheit ist mehr als nur Gerechtigkeit, wie jemand namens Hobi bestätigen könnte.

Kein Warum.

Und doch passierte denen, die glaubten, gute Dinge, ihre Wünsche wurden erhört, wenn sie mit dem Plan des Erschaffers übereinstimmten. Die einen nannten es Zufälle, die anderen Wunder. Wie es geschah wusste niemand. Hr Ebner zeigt es ihnen gerne auf.

Kein Wie.

Manche Menschen erkannten Teile des Plans und was ihre Aufgabe darin war, es klang wie eine kleine Stimme im Herzen, die sonst niemand hört.Sie verstanden, dass sie alles bekamen, was sie zum Erfüllen ihrer Aufgabe benötigten, wenn sie es taten. Nur dagegen durften sie nicht sprechen oder Einwände vorbringen. Wenn sie in vielen Jahren zum Trappist-System fliegen können, wird ihnen jemand namens Jonas dies eindrücklich bestätigen.

Kein Aber.

Doch selbst die, die dem Buch in ihrem Leben folgten, es lebten, womöglich Teile des Plans erkannten, waren doch in der erschaffenen Welt und kamen hier und da vom Weg des Buchs ab. Hier gab es zwei verschiedene Arten damit umzugehen: die einen rechtfertigten ihr falsches Handeln und versuchten zu erklären und sich raus zureden. Die anderen er- und bekannten ihre Fehler und bereuten sie, versuchten es in Zukunft besser zu machen und konnten den Weg weitergehen. Solange man lebt und das Angebot den Weg zu gehen nicht zu oft abgelehnt hat, war das möglich. Reden sie mit dem Königssohn, fragen sie Alpha und Omega, bitten sie den Schöpfer. Es ist dasselbe, wie es ihnen lieber ist.

Keine Rechtfertigung.

## Das letzte Kapitel: Erfüllung des Buches

Hier und Jetzt kommen alle Stränge zusammen.

Kein Warum - kein Wie - kein Aber - keine
Rechtfertigung, - als Programm.

Dafür Liebe, Glaube und Gnade, als Angebot.


Der Plan erfüllt sich.
Gemeinschaft, kein allein mehr.
Friede, kein Unglück mehr.
Und Liebe in Fülle.
Wunder und Märchen, die wahr sind.
Geschichten aus der Ewigkeit.

Ende?


**((Ich bin ohne Ende!))**